Big in Borås

Big in Borås

Marcus Magnusson

Av författaren har tidigare utgivits:
Mot elden (2022)

© 2023 Marcus Magnusson

Redaktör: Michaela Gester
Omslag: Anders Nyman

Förlag: BoD – Books on Demand, Stockholm, Sverige
Tryck: BoD – Books on Demand, Norderstedt, Tyskland

ISBN: 978-91-8057-499-0

Nu ska du få höra vad som hände kvällen 21 juli i Borås, hur en konsert med ett utdaterat tyskt syntband vände upp och ner på fyra människors liv. Utan en enda spelad ton.

*

Kapitel 1

Så hade värmen äntligen kommit. En månad sedan midsommar, och i en grönska som skiftar mot allt djupare färger ligger staden inbäddad i ett bekymmerslöst lugn. Utmed vägar och diken slokar lupiner och prästkragar. Dammet yr från gruset intill cykelbanorna, de sista veckorna har varit ovanligt torra. En dåsighet vilar över kyrkklockornas dova slag. I centrum möts besökarna av semesterstängda inrättningar som välkomnar åter i augusti. Centimeter för centimeter har Viskan dragit sig tillbaka, ner från strandkanterna, och från gångbroarna runt Stadsparken kan bottnen skymtas. Vissa pratar om underbara dagar, andra ser ett förebud av en kokande planet. Det är en besynnerlig tid.

De skarpa skuggorna faller brant över Vedensgatan då Petter fortsätter promenaden till korsningen mot Gustaf Adolfsgatan. Han ser hur asfalten blänker i svart och bländande ljust i den darrande luften.

Längst upp på ryggsäcken har dragkedjan öppnats i en glipa. Där skymtar lasten, kantad av så många känslor. Idag ska sanningen fram. Trots det är han svårförklarligt avslappnad och nynnar i takt till sulornas skrapande mot trottoaren.

En gråspräcklig katt smyger fram, gömd bakom ett elskåp som skjuter upp intill ett rödmålat spjälstaket. Den stryker sig mot hans ben, lirkar runt mellan skorna likt en åtta. Djur, och katter i synnerhet, har alltid dragits till Petter. Han böjer sig ner för att klappa den, men hinner bara röra vid svansen innan den spatserar vidare.

Petter har varken särskilt förfinad känsla för estetiska nyanser i allmänhet eller detaljer i synnerhet, och noterar inte klottret på elskåpet. En penis är sprayad, men påminner mest om en förstorad gurka i sällskap av två vindruvor. Då elskåpet var nytt ritade även den tidigare generationen penisar där, men dessa påminde mest om tre glasskulor med ett litet streck i den mittersta. Klottret hade sedan varvats med affischer om bensinskatten, krav på att bygga om riksväg 40 mot Jönköping till motorväg samt nej till NATO. Men det var då. Ibland är taskig syn och dålig uppmärksamhet en välsignelse.

En vitblänkande skåpbil häver sig över farthindret med viss möda och svänger in på Gustav Adolfsgatan. Dess framfart är en déjà vu, eller snarare flashback – och Petter tar det minimala språnget nedför trottoarkanten.

Det går ändå inte att få en fastetsad bild otänkt: Den regniga novemberdagen då han, tillsammans med föräldrarna plockade med de sista delarna av hushållet in i den stora täckta kärran. Bit för bit av det gamla livet stuvades ihop över det fuktiga vagngolvet, allt efter pappans övernaturliga känsla för packning och logistik. Till slut var kärran full, även bilens bakucka, och färden gick nedför backarna och vidare mot allt högre och tätare bebyggelse, kännetecknet för klivet utför på den sociala trappan. Det gjorde ont.

Ja, allt har sin tid, tänker Petter och drar en lättnadens suck då han lämnar det självgoda villaområdet med onaturligt vita putsade hus, carportar med fjärrstyrning och altaner på steroider.

Borta är kraven på millimeterprecision vid dammsugning, borta är skötsel av pioner, rosenspaljén och alla rabatterna. Borta är också skottningen av den stora uppfarten och alla dess tillhörande svordomar om att växthuseffekten visst har sina fördelar. Äntligen fri från äktenskapets fängelse.

Han sneddar till gräsmattan på andra sidan gatan, medan katten omsorgsfullt slickar pälsen i buskaget bakom staketet. Och Petters figur försvinner ur dess synfält, men en katt kan knappast bry sig mindre.

För några månader sedan skickade Anton in ett bidrag till sommarkrönika i Borås Tidning som inleddes med följande betraktelse: *Sommaren ligger utsträckt som ett nybäddat lakan. Så oskuldsfull och så många möjligheter.* Småvulgär poesi skaldad en tidig natt av en förhoppningsfull skribent, med en lätt vindrucken hand, var onekligen en chansning. Därefter har katastroferna avlöst varandra. Dessutom refuserade Borås Tidning texten med ett nästan provocerande vänligt svar.

Anton är som vanligt först och har redan lagt sig tillrätta i backen. Väskan får bli huvudkudde. Han drar ner skjortkanten mot byxlinningen, för handen lätt över magen, men ingen spänst under tyget tar emot.

Jag tycks ha ett läckande däck där musklerna skulle varit, tänker Anton. Trots pumpandet på gymmet är det som att allt har pyst ut nästa dag. Han tar upp telefonen ännu en gång, drar fingret över skärmen.

Inga missade samtal. Inboxen till mejlen visar "0 nya meddelanden". Varken Linkedin, Instagram eller Facebook har något att bjuda på. De färggranna ikonerna fladdrar förbi och fyller bara på med en kraftlöshet.

Från vattentornets backe har han utsikt över Borås. I det här fallet parkeringen vid kullens fot, Skolgatan och de soldränkta takåsarna som i horisonten glider ihop med den omgivande skogslinjen.

Några ungdomar gestikulerar och spridda skratt hörs från parkeringen innan bildörrarna slår igen och en motor startar med ett överdrivet tryck på gaspedalen.

Jäkla småglin, kommer han på sig att tänka med en distans som vittnar om alla dagar som passerat sedan han själv var runt tjugo. Det nybäddade lakanet och alla de där möjligheterna känns långt borta.

Anton smyger tillbaka telefonen i fickan och petar ner solglasögonen från pannan. Lönnen intill hukar sig över honom och lövens mjuka rasslande är en viskning i vinden. Han sluter ögonen. Ordet *småglin* dyker irriterande nog direkt upp igen. Tiden. Alla dessa veckor som har förvandlats till månader och år. Alla dessa år som har lagts till varandra.

"Vad har jag gjort med min tid? Och vad har tiden gjort med mig?" viskar han.

Jag måste berätta för dem. *Jag måste berätta.* Tanken får Antons strupe att snörpas ihop.

Han reser sig och sätter upp handen mot den brännande solskivan som hänger högt över takåsarna. Dessutom har huvudvärken kommit tillbaka.

Nere på Skolgatan syns två silhuetter. De rör sig makligt i hans riktning. Lite för mycket luft dem emellan ifall de hör ihop, men ändå lite för nära om de inte var bekanta. Eller?

Borås har ju alltid bjudit in med armbågen, det var i alla fall vad Anton har känt så länge han kan minnas. Besöket under veckan ska absolut inte bli längre än nödvändigt. Att kampera i föräldrahemmets gästrum är väl i och för sig okej, men ändå en trist påminnelse om att historien bara består av upprepningar i olika variationer.

Jag måste dra innan Borås hinner sätta avtryck i mig, tänker Anton och klämmer handen om telefonen.

Moas tunna ben stretar långsamt uppför Skolgatan. Andningen är något flåsig, på gränsen till anstötlig. Från en lågt hängande balkong hörs klingande porslin och mumlande röster som dränker de djupa andetagen. En inhalator ligger i hennes ryggsäck, fortfarande i förpackningen. Men Moa vet att idag är det inte astman som kan tänkas ge andnöd – och att medicinen snart väl kan behövas.

Just Moa som initiativtagare till spektaklet, borde ha rönt viss misstänksamhet. Skulle ett gäng post it-lappar ha delats ut till omgivningen i en skojig gissningslek där hennes personlighet beskrevs, då hade förmodligen följande nertecknats: *tillbaka-dragen, vänlig, svåråtkomlig, korrekt och smart.* Ifall ännu friare associationer hade tillåtits hade följande fått plats: *impulsiv, långsint, målmedveten,* och *hemlighetsfull.*

Den som idag läser hennes tankar skulle ha lagt till ytterligare ett ord: *stridslysten.*

Moa är ett halvt steg bakom Julia som tar desto bestämdare kliv. De har sällskap av solen i ryggen och längs Moas nacke letar sig en liten svettpärla nerför t-shirtens rygg och vidare mot byxlinningen.

Kanske har Moa skäl att vara nervös? Det är ju ändå från början helt och hållet hennes idé.

De har inte träffats på en månad, men startade eftermiddagen tillsammans på ett café på Allégatan. Även det var Moas förslag och Julia nappade direkt.

"Jag fick visa legitimation på Systemet idag", berättade Julia över sin kopp te. Moa snappade upp stoltheten i tonen.

"Hm, jo jag vet hur det känns."

"Det måste varit två, tre år sen sist. Och dessutom av en kille i vår ålder."

Moa betraktade Julias ansikte.

Jo, nog var det fortfarande vackert; de vita tänderna, den välformade munnen och den varmt tonade hyn. Hennes intensiva blick inramat av det mörka hårsvallet ner till axlarna. Hon var en kvinna som fick männen att spänna bröstet och dra in magen då de gick förbi.

Visst var en fråga om legitimation på Systemet ett tecken på ungdomlighet. Men själva glädjen över att få vifta med körkortet inför kassören var väl snarare ett tecken på motsatsen? funderade Moa.

Som vanligt avstod hon dock från att säga det hon precis tänkte.

I resterna av gammal vänskap finns det alltid en levande kärna, även om själva frukten har ruttnat. Ja exakt så uttryckte Anton det för många år sedan och Moa tyckte att det var en grotesk men talande liknelse. Det fick även gälla för relationen till Julia. Nog nådde de kärnan där över det runda cafébordet, men i ärlighetens namn anade Moa att även Julia tyckte att den smakade något beskt.

Samtalsämnena hade glesnat i en oroväckande takt de sista åren. Nytändningen då Moa flyttade tillbaka till Borås blev bara till ett hastigt tomtebloss som slätade ut bekymmersrynkorna när deras ängsliga blickar möttes några korta kvällar. Därefter övergick vänskapen till det nya normala: föredettingskap. Och eftersom bägge var fina i kanten, förde givetvis ingen det på tal.

Julia hade stressat sedan halv åtta då mobillarmet dränkte fågelskränet utanför fönstret. Sängen tycktes väldigt stor. Hon gäspade i kudden och sträckte ut benen, av ren vana, bara för att påminnas om att ingen mer befann sig nära.

Förmiddagen måste leverera, tänkte hon och sprattlade lätt med fötterna så tårna slog i sänggaveln. Det var hennes första semestervecka på väldigt länge. Och enda, för den här sommaren. Idag redan fjärde dagen – tiden var flyktig som vattenånga.

Julia repeterade att-göra-listan som hade memorerats under den halvt sömnlösa natten. Strö skulle köpas åt kaninen, bära upp sista lådorna till förrådet, ringa hyresvärden för den krånglande ugnen och byta sängkläder. Julia drog upp persiennen, gäspade, och lät ljuset flöda in. Just det, Systembolaget!

De sista detaljerna till lägenheten hade dagarna innan beställts på nätet: rätt ramar till porträtten, fruktkorg och espressobryggare. Dessutom blomvas i keramik och månlampa, omsorgsfullt utvalda att harmonisera med vardagsrummets beige färger.

All denna shopping som teoretiskt gick på sekunden men slukade timmar och vips var semesterveckan nästan förbi. E-handeln var väl en gåva till mänskligheten för smidigare inköp och en mer lättöverskådlig marknad? Istället förvirrade sig folk in i jämförelsehelvetets bakgårdar på jakt efter pålitliga omdömen, perfekta dealar och de senaste trenderna.

Exakt där befann sig Julia i livspusslet.

Men nu stör Moas något långsamma steg. Julia kan inte sätta fingret på vad det är. Kanske bristen på en längre semester har tagit ut sin rätt? Sömnbrist? Som nyanställd på byrån vet Julia att hon inte har jobbat ihop tillräckligt med semesterdagar. Tacksamheten över chefens välvillighet är en självcensur på alla krav på återhämtning, något som hon så väl hade behövt.

Istället sneglar hon på Moa som drar några djupa andetag. De där flåsningarna som påminner om en nött blåsbälg. Julia nyper sig lätt i ena lillfingret och försöker tänka på något annat.

Examenspappren från juristprogrammet som ska ramas in. Micke. Lägenheten.

En gång hade det funnits ett "oupplösligt band" mellan tjejerna, som Moa brukade påpeka.

De hade hamnat på fel gymnasieprogram, gett estet- respektive samhällsprogrammet chansen i knappt en vecka, men kolliderade med brickorna i skolans matkö så att minestrone-soppan och mjölken yrde. Där och då kunde tumult ha uppstått, men istället förenades de i sin förlägenhet. Killarnas bus-visslingar och de spridda applåderna passerade utan att ta fäste.

Julia kände ytligt igen Moa, tjejen vars jeans hade mer hål än tyg och med grova dr Martens-kängor trots sensommarvärme. Så uppenbart uppmärksamhetssökande, hade Julia tänkt, men förvånades samtidigt över att den där tjejen tycktes smyga längs med väggarna.

Moa hade aldrig sett Julia.

Då maten var bortstädad satte de sig och kom efter några försynta tuggor fram till att de egentligen ville gå humanistprogrammet.

Sagt och gjort.

Och knappt tre år senare sprang de ut tillsammans från skolan med studentmössorna i händerna.

Antons lugg kittlar i ögonen. Han för vant håret åt sidan, bara för att åter känna stråna kammas av ögonfransarna. Då surrar telefonen till, han tar upp den och kisar mot den soldränkta skärmen.

Vilken sida är du på?!

Anton suckar tyst. Besvikelse är kanske inte rätt ord, men ett sms från Petter väger väldigt lätt i jämförelse med vad som hellre hade önskats. Dessutom: Att åter befinna sig i Borås är som att ha krupit in i en trång låda, vars enda utsikt är genom det glastak som Anton upptäckte för länge sedan.

Anton rör vant pekfingret över skärmen och låter sin haka vila i andra handen. Det är lite av hans favoritpose, grekisk filosof-looken, vilken funkar i vissa kulturella sammanhang, men en utomstående skulle snarast tycka att det ser en aning lustigt ut. Men inte ens en favoritpose hjälper, och han skickar iväg meddelandet med en tung utandning.

Sidan mot stan. Ligger i backen och chillar.

Petter fortsätter vidare över gräsmattan upp i backen. Borgen, Borås gamla vattentorn, breder ut sig med en mjuk skugglinje

15

över slänten nedanför. Stenblocken reser sig så majestätiskt som något kan göra i Borås, minns Petter hur Anton en gång hade skaldat. Det är svårt att missa borgens futtighet, där den höjer sig från innerstans högsta punkt, men mest påminner om en förkrympt medeltida karikatyr.

Petter, med blicken sänkt ner i telefonen, hoppar undan för en studsande träpinne. Då ser han en kubbspelande barnfamilj som har brett ut en spelplan över gräset, med det ena lagets fördel att ha hjälp av den svaga nedförsbacken. Men Petter gör bara en tumme upp åt barnen och fortsätter framåt, uppslukad av sina tankar.

Vilken sida vetter mot stan? Vattentornet ligger ju i själva stan. Eller, hur räknas det?

Om detta vore en film, då skulle en drönarbild visa dessa fyra öden, hur de dras mot samma punkt. Kanske omedvetet, kanske enligt en på förhand strikt uppbyggd logik.

Men nu är detta ingen film, det är *bara en ovanligt varm dag i en helt vanlig stad*. Fyra personer, i skärningspunkten mellan sina slocknande drömmar och medelålderstillvaron. Förlorade i vad de en gång föraktfullt kallade *vuxenlivet*.

Ikväll ska de växa upp, bli stora, i Borås. Fast det vet ju naturligtvis ingen om.

Ja, hela kvällen är ett vansinnesuppdrag. Hur är Moas tanke, egentligen? Låt salongsdramat börja.

16

Kapitel 2

Teater hade legat dem varmt om hjärtat, åtminstone för tre av fyra. Tack vare skolteatern hade de hittat till varandra. Skälen varierade dock.

Anton var först. I samband med en insparksfest lärde han känna en tjej i estettvåan som berättade om scenkläderna hon sydde. Antons gryende intresse fick honom att följa med en eftermiddag (trots strålande vackert väder och sista lektionen avklarad).

Snart hade han en plats i den flyktigt sammansatta ensemblen. Första rollen blev som hund i en Roald Dahl-pjäs. Anton nämnde därefter aldrig denna prestation högt. Moa gjorde det desto oftare.

Petter hade fastnat för serien Entourage och upptäckt David Batra och Kvarteret Skatan. Teatergruppens affischer om stå upp-föreställningar hade därefter väckt hans nyfikenhet. Petter stod en eftermiddag lutad mot aulans bakre vägg med händerna ordentligt nedkörda i fickorna, samtidigt som klasskamraterna intill kokade av skratt. Att själv inta scenen var uteslutet. Hellre underhållas än underhålla.

För Julia var skolans välkända "kreativa och inkluderande atmosfär" ett skäl att söka sig dit. Under uppväxten hade hon testat körsång, pianolektioner och klassisk balett, men inget hade riktigt greppat tag. När hon besökte skolan vid ett Öppet hus vandrade hon förbi den stora scenen, där teatergruppen försökte spela Fröken Julie. Och hon föll pladask.

En utbrytarfraktion ur teatergruppen hade dock intagit elevrådsrummet. Killarna hade lånat in gorilladräkter och halvsov över stolarna innan rektorn blev varskodd. Men Julia hann titta in. Som tur var förstod hon inte kopplingen till övriga gruppen. Hennes vackra bild av stor konst fick bestå.

Som förstaårselev klev Julia in i teatergruppen, peppad i nivå med estetiska programmets elever i teaterinriktningen. Och Moa följde efter i bara farten, om någon ens noterade henne.

Oväntat nog, då teatern och skolåren sammanfattades under en rejäl fylla vid studenten, visade det sig att Moa hade haft roligast. Hennes svala, något neurotiskt nerskalade framtoning, gav ett hemlighetsfullt intryck. "Skolans Garbo" var under sista terminen ett epitet som hon i smyg gladde sig åt. De visuella likheterna var försvinnande få, men det var av mindre betydelse. Moa summerades i avgångselevernas klassbok som "den opolerade och okynniga tjejen". Det var fransklärarens odödliga kommentar som levde sitt liv i korridorerna. Hon hade gjort ett vågat bokreferat om en novell av den skandalomsusade Cathrine Millet. Ett tilltag som ingen vare sig förr eller senare hade gjort. Betyget blev till slut ändå ett icke godkänd - IG. Ingen fattade varför.

Gymnasiebetygen är dock inget som Moa funderar på uppför sega Skolgatan med en skavande ryggsäck mellan skuldrorna. Trots det senaste årets styrketräning är hennes kropp fortfarande en miniatyr av den version hon hade önskat. Inga vikter kan göra henne längre än sina 160 centimeter, snarare tvärtom. Hon är "finlemmad", som vissa säger.

Många hade säkert velat ha hennes rödlätta hår, ljusa hy, gröna och lätt exotiskt mandelformade ögon. Men utan varken rundade höfter eller framträdande byst så kom hon ibland på sig själv med att tänka att hon var dömd att förbli som ett barn.

På Moas arbetsplats vände sig besökarna – i alla fall äldre män – så gott som uteslutande till kollegorna då frågor dök upp. Moa var dock van, och reagerade knappast mer än med en tyst fnysning.

Moa sneglar på Julias stolta hållning och målmedvetna steg. Fortfarande darrar något reserverat i luften och hon slås av att

18

två meter kan vara ett mycket kort avstånd, men även oerhört långt. I det här fallet gäller det senare.

När de gemensamma drömmarna har fallit isär, finns bara den gemensamma ensamheten kvar.

Ett litet tryck lägger sig över Moas mage, en smärtpunkt av skrumpnade känslor som undrar om den har sin tvilling i Julia. För känslor är blinda, men vanligtvis ändå ömsesidiga.

En bit bort stöder sig Petter mot borgens massiva stenvägg. Svetten dryper under ryggsäcken och axelbandet. Runt krönet böljar den vildvuxna rabatten med en ensam träbänk. Petter sätter sig, stryker handen mot den flisade ryggbrädan och drar upp en hyfsat sval öl ur ryggsäcken. Han pressar toppen mot ryggbrädan och kapsylen hoppar in i buskaget. De djupa klunkarna svalkar strupen.

Ja, här har man suttit, det var ett tag sedan sist, hinner Petter tänka utan några större djuplodande betraktelser. Han rycker bort en bit av flaskans etikett, men märker att blåsan gör sig påmind.

Då får han ögonkontakt med Anton, vars syntiga kalufs sticker upp bakom den låga muren vid borgens framsida.

"Nämen, hallå där borta", ropar Anton, och Petter reser sig med ett skyldigt leende och lunkar fram över grusgången mot sin gamle vän.

"Tjenare Anton, hur är läget?"

"Bra! Jag har vilat här i backen en stund. Kul att se dig igen."

"Lite pinsamt att redan vika av ... men jag är strax tillbaka."

Petter lämnar ryggsäcken på muren och försvinner ner för slänten.

Petter har fått dubbelhaka, han ser glåmig och trött ut. Och vad har hänt med håret, det ser ut som att han har fått 230 volt genom kroppen? Förresten, att hälsa med förnamnet gör man med obekanta … eller, vilka gör man det med? funderar Anton, och ser framför sig branschfolk med pressveck på kragen, eller någon på krogen att bli hastigt introducerad för.

Anton släpper uppmärksamheten från Petters allt mer avlägsna ryggtavla och låter blicken glida nedför grässlänten mot Skolgatans parkering. Två kvinnor rör sig målmedvetet mot trappan. Moas figur är välbekant, men intill henne vandrar ytterligare en kvinna i röd klänning. Han kisar, gnuggar sig lätt i ögonen och kisar igen. Julia. Och han skruvar obekvämt på sig.

Baksidan av Julias lår spjärnar en aning, gårdagens yogapass och stressen sedan morgonkvisten har tagit ut sin rätt, nu förtjänar hon ändå lite återhämtning. Julia sätter handen för pannan som en skärm och tittar mot vattentornet, hon tar de första stegen på den långa trappan uppför. Med de andra fingrarna om det bastanta metallräcket, en snudd på brysk inramning av den mödosamma vägen uppför, slås hon av hur länge sedan sist hon gick här. Ändå är det som att ingen tid har passerat.

Trädkronorna vajar stillsamt, ritar skarpa och distinkta linjer mot den klarblå himlen och ändrar långsamt form för varje steg.

Borgen, ja, den är ju precis lika ynklig som jag minns den, hinner hon tänka i samma stund som hon får ögonkontakt med Anton. Han är sig lik, hans ljusa och småfräkniga hy och sin Kalles kaviar-liknande uppsyn, men kanske en aning rundare än sist. Hans svarta skjorta hänger fladdrigt ner mot linneshortsen.

"Hej, hur hälsar man i dessa post-coronatider?" säger Anton och sträcker ut handen.

"Med en kram givetvis", utbrister Julia och lägger huvudet på sned.

Julia omfamnar honom, men får en slapp arm tillbaka över ryggen, vilket snarare påminner om en medlidsam klapp.

"Hur står det till, jag tror inte vi har träffats sedan nyår för något år sedan?" fortsätter Julia och ställer ner väskan i gräset.

"Bara bra! Ja, det var länge sedan", svarar Anton.

"Vart ska vi gå?" undrar Julia och sträcker på ryggen.

"Vad menar du?"

"Tänkte du att vi skulle *sitta här*, i backen?"

"Jag vet inte. Det var Moa som bjöd in mig."

"Jag trodde att vi skulle samlas här och gå till någon förfest i närheten."

De vänder sig mot Moa som biter sig i underläppen.

"Alltså jag tänkte att vi kunde göra en repris på gymnasietiden. Minnas och ladda ihop och sen konsert. Det vore väl kul?"

Julia skakar lätt på huvudet men sätter sig på huk. Hon öppnar väskans dragkedja, och skymtar i ögonvrån hur Anton och Moa flyktigt kramas. Deras närkontakt verkar skapa någon sorts rekyl, för lika snabbt tycks bägge studsa ifrån varandra till behörigt avstånd.

Tre personer, tre parallella universum i det sluttande gräset med en robust stenmur och en borg därbakom. Tre helt separata bilder av Borås skönhet och huruvida det är värdigt för snart trettioåriga människor att träffas på gymnasiesyndernas bakgård och fuldricka alkohol i gräset.

Jaja, två glas kan jag tillåta, tänker Julia och kommer på sig själv att faktiskt uppskatta vyn, sällskapet och doften av ungdomstid som omsveper dem. Hon breder ut sin filt och gör sig bekvämt tillrätta.

Trots Antons tveksamma hälsning är irritationen som bortblåst. Anton är den perfekta isbrytaren och Julia kisar på Carolikyrkans torn och vidare mot polishuset, och slås av att denna deprimerande plåt- och betongklump verkar vara innerstans främsta landmärke.

Ett smärre brak hörs när ett oidentifierat objekt kommer flygande från stenmuren bakom. Det landar med en duns. Julia hinner bara uppfatta ett par vita sneakers med ett löst skosnöre och två håriga ben när hon vänder sig åt sidan, varav ett knä med ett jack hon alldeles för väl känner igen. Petter.

Vad fa-an? tänker hon i en blinkning som verkar evighetslång.

Kanske är den här boken bara ett simpelt drama mellan fyra personer. Eller handlar den om att hur jämlika vi än är, så tänker män och kvinnor oftast på helt olika vis.

- Repa din makes bil – han glömmer det aldrig.
- Såra din makas självkänsla – hon glömmer det aldrig.

Bilar går att omlackera. Tyvärr finns inte motsvarande funktion för kvinnor, vars relationella minne många gånger bär överlägsna egenskaper jämfört med männens. Frågan är dock om den förmågan är till någon större lycka.

Kapitel 3

Om vi fryser scenen i en ögonblicksbild, då ser du Anton, Moa och Julia på filten i lediga sommarkläder, en telefon framför Antons uppdragna fötter, en slängd ryggsäck i gräset och en på muren. Julias örhängen gnistrar likt juveler i solen och Moas hand skymmer munnen. Petters vita skor har precis tagit mark intill väskorna och han hukar sig ner i mjuklandningen. Men inte minst, Julias förfärade uppsyn. Hur hamnade vi här?

Låt oss backa bandet två månader.

Det var en fredagseftermiddag. Moa rörde sig rastlöst genom biblioteket med en knarrande bokvagn fylld av travar med böcker. De återlämnade skulle hem igen, tillbaka till sin plats. Ibland funderade hon på när böckerna egentligen var hemma, i biblioteket eller som utlånade i läsarens hand?

Litteraturens placering och dess klassifikationssystem var välbekant, vanligtvis såg hon bara bokomslaget och visste direkt var den hörde hemma. Faktum var att Moa var erkänt skicklig. Hon var referent i Svensk biblioteksförenings kommittés arbete med att framta nya klassificeringar i takt med att undergrupper och nya ämnesområden bildades. Denna yrkesmässiga framgång hade inte på något sätt påverkat hennes karriärval, snarare tvärtom. Det mesta som gav lovord eller uppskattning blev ofta enbart besvärande. Moa brukade skruva på sig och mumla förstrött då hennes referensarbete nämndes, tills omgivningens nyfikenhet rann ut i sanden.

Frågan om att vara *hemma* och tillhörigheten hade plågat Moa under många år, fast nu handlade det snarare om henne själv. Både vilken geografisk punkt som var hemma, och om ensamheten och tvåsamheten.

Blir jag den jag är ämnad att vara då jag är själv, eller finns jag i en vidare mening enbart i ett sammanhang – i ett förhållande?

Grubblerier följde ofta i hennes steg som en skugga. En sak var dock säker: Hon slapp Julias uppenbara problem, vars sista år hade dragit igång en lavin av tankar. Och slutsatsen var att även om biblioteksboken tillhör sin kommunala hylla, så har den inget värde i sig själv utan en läsare. Samma sak gäller även för oss: Allt vi kan eller är blir betydelselöst om det inte får delas.

Moa föste in boken *Traumatisering hos barn* i facket för Vle och fortsatte vidare till den välfyllda hyllan för ungdomslitteratur. Med van hand la hon tillbaka titlarna, med tiden hade hon lärt sig vad som fungerade hos läsarna och vissa sektioner var vältummade, fulla av nötta omslag och ryggar. Andra tycktes aldrig fånga någons intresse. Det var, som man säger, livets gilla gång. Några väljs, men de flesta väljs bara ... bort.

Moa fortsatte förbi anslagstavlan intill entrén med den allt lättare vagnen. Hon lät blicken glida över uppnålade anslag om kulturvandringar och kommunala stödinsatser, till förtvivlade utrop om bortsprungna katter. Då mindes hon förra veckans hotfulla politiska flygblad och skärpte uppmärksamheten. Vagnen stannade med ett litet knyck. Längst ner hängde en affisch:

Alphaville i Borås 21/7
Missa inte årets retrospelning!!

Just det, Alphaville, Julias favoriter på åttiotalsfesten. Det måste ändå vara en upplevelse. Och så fick hon en syn, eller snarare en uppenbarelse.

Samtidigt, vid Brunnsvikens badplats – en kort promenad från Stockholms universitet – låg Anton på en dyna med tårna nedkörda i sanden. I trängseln på den guldsprängda stranden *sprang* tre pojkar förbi så sand stänkte över hans vader. Det var svårt att slappna av, den lediga eftermiddagen till trots. Men vem går obemärkt genom veckor av stress och ovisshet?

En skugga föll över Antons ansikte. Barnfamiljen intill, på en armlängds avstånd, reste sig upp och vandrade ner mot vattnet. Det tidigare suget efter bad var bortblåst. Han la kinden tillrätta mot kudden och blundade med telefonen hårt knuten i vänstra handen. Och solen slickade hans svettiga nacke och ryggslut, precis där som han hade missat att smörja in.

När Anton vaknade ur sin slummer hade telefonen förmodligen precis slutat ringa. Han hade drömt om golfspel i en öken, men letade efter utslagsplatsen. Grönskande träd (kanske var det palmer?) skymde utsikten men så upptäckte han sig i vimlet vid fontänen på Södra torget i Borås.

Anton låg orörlig kvar en stund innan han slog upp ögonen, utan att kunna få ihop bilden av palmerna och badstranden.

Ringde det nyss? hann han tänka, rullade över på sidan och tog reflexmässigt upp telefonen. Ett meddelande: *Moa mobil*

Hej, länge sen nu! Hoppas att du har det bra. Hur går det med skrivandet, jag har inte sett något publicerat sista tiden? Alphaville spelar i Borås 21 juli. Vore roligt om du och Petter ville följa med. Kram, Moa

Tanken på Borås var kvävande, men smaken av Stockholm var ännu värre och Anton behövde inte ens fundera innan han svarade.

Förresten, Petter? Vad långsökt, hon tror att vi har kontakt? Men, varför inte?

Julia strosade samtidigt hand i hand med Mikael genom möbelaffären i Sisjön. Han luktade så gott och det var något befriande över honom – en närvaro i varje kroppsrörelse och så himla snygg. Det markerade käkpartiet med tredagarsskägg och böljande mörkblonda hår gav ansiktet intryck av en vacker tavla inramad av maskulin skönhet. Mikael var även inlyssnande, känslosam och humoristisk, dessutom älskade han fysisk kontakt. Det bästa var ändå att han hade *visioner*, med Mikael blev det aldrig tråkigt och Julia kunde se deras kommande semestrar, alla framtida barn och livet till pensionen med honom. Han hade precis *allt* som det före detta stolpskottet inte lyckades få till.

Julia strök sin lediga hand mot baksidan på en beige hörnsoffa med en schäslong. Tyvärr med något väl hårt stoppade ryggkuddar.

Soffan skulle inte räcka till för oss alla, men den kunde stå i vårt framtida gästrum, tänkte hon då telefonen pep i kappans innerficka. Mikael fortsatte framåt genom gången och kastade en slängkyss. Julia läste på displayen. Hon stelnade till innan samtalet trycktes fram.

"Hej, det är Moa."

"Hej, det var länge sedan. Trevligt att du ringer. Hur har du det?"

"Bara fint. Nu ser jag fram emot sommarledigt. Själv då?"

"Jag är i Göteborg med Micke, tittar på möbler till lägenheten."

"Oj, ni planerar att flytta ihop?"

"Inte än, jag kollar efter en lampa över soffbordet, men du vet, jag måste bara byta vardagsrumsmattan och sen köpa ett sådant där drinkbord, eller drinkvagn. Du vet, han tog ju den."

"Du hittar säkert vad du behöver. Jag ska inte störa, har bara en kort fråga …"

Mikael passerade runt ett hörn med bokhyllor och Julia blev allt otåligare. Över soffan hängde en skylt där hon läste "Somrig sommaR-E-A". Affärens reklamavdelning borde få sparken, fnyste Julia och vände sig åt andra hållet.

"Jaha?"

"Alphaville spelar i Borås i juli. Jag och Anton tänkte gå dit. Kanske ha en liten vinstund innan. Det vore väl trevligt?"

När ska Moa släppa Anton och gå vidare? tänkte Julia och sökte med blicken efter någon möbel att stryka handen emot. Kanske mest bara för att krama ur den olustiga påminnelsen av att Moa hade kontakt med sin expojkvän.

"Jo, mycket möjligt. Jag kan fråga Micke också, så får du äntligen träffa honom."

Moa tystnade, dröjde en aning för länge med svaret. Julia förstod direkt.

"Jo, det är klart. Fast det hade varit roligt om det bara var vi från gymnasietiden som träffades. Micke skulle kanske känna sig lite utanför."

"Mhm, det är kanske bäst så. Var det Anton som föreslog att ni skulle ses?"

Då slog det Julia att Anton och Micke knappast hade något att prata om, de delade väl inte ett enda gemensamt intresse.

Samtalet fortsatte i ungefär en minut tills det helt planade ut.

Om någon hade bett Petter beskriva när Antons inbjudan dök upp, hade han förmodligen inte ens kommit ihåg den. Han var inte killen med de stora orden, de skarpa observationerna eller överhuvudtaget någon som funderade särskilt mycket. Det var i alla fall intrycket Petter kunde ge och även något han ofta fått höra. Att Anton skulle ta kontakt var ändå otippat.

De gamla kompisarna hade vuxit ur gymnasietiden och hittat egna vägar framåt. Åt olika håll och helt utan drama. Faktum var att deras vuxna vänskap mest hade varit på åskådarbänken till tjejernas bergochdalbana.

Petter och Anton hamnade av en slump i samma klass i sjuan, men hittade varandra först på bussturerna till och från gymnasiet.

Petter var oerhört händig, och Anton beklagade sig en morgon över att inte ett enda pucko klarade att snickra ihop dekoren. Petter erbjöd sig då att hjälpa till. I samma stund insåg

Petter att han därmed sällade sig till skaran av puckon som kunde spika ihop dekorer. Han lät dock iakttagelsen passera. Snart var även Petter inkluderad i teatergruppens sfär.

Så, när Anton ringde den där eftermiddagen till Servicekontoret och bjöd in till spelningen tackade han direkt ja. Petter drog handen genom sitt lockiga hår och lutade sig tillbaka i stolen så dess framben lyfte. Då tittade han i kalendern. Ingen bra vecka. Men, men …

Petter brukade säga ja till saker och ting, sambanden var inte så komplicerade – antingen ville man eller så ville man inte. Och han blev faktiskt glad, trummade lätt med fingrarna över skrivbordet och mindes deras glansdagar ihop.

Förresten, varför inte berätta min nyhet för Anton och Moa? De kommer bli överrumplade!

Kapitel 4

Vattentornet är en plats i Borås där tiden har stått stilla och samtidigt en panoramavy över den ständigt skiftande staden. En plats att filosofera och njuta. Vanligtvis, i alla fall.

Moa släpper flaskan i gräset och gnuggar ögonen, kliar bort det osynliga eksemet ur ansiktet. Gömd bakom fingrarna hör hon en oroväckande flämtning.

Ändå visste Moa att han skulle komma. Under en kort, men plågsamt evig minut stirrade hon på Petters ryggsäck, där den låg på muren likt ett hypnotiserande svart hål.

När Petters och Julias blickar möts, tar Petter två vingliga steg bakåt och trampar över Antons tumme. Anton rycker bort handen, men hans stön dränks av den plötsliga tystnaden. Allt stannar upp, som när dirigenten tappar både byxor och taktpinne och orkestern förvandlas till en skock stirrande får.

Ansiktsbesvären upphör för Moa, som mellan fingrarna anar konturerna av gänget hon har släpat ihop. Hon ryser.

Vi pausar en stund och tittar in i vad som händer i hjärnan vid stress. Enkelt uttryckt styrs beteenden och socialt samspel från den välutvecklade frontalloben, alltså området innanför pannbenet. Vid plötsliga faror eller stark stress aktiveras den bakre delen av hjärnan, känd som reptilhjärnan, och styr in i ett fly- eller fajtas-läge. Denna omställning var säkert hjälpsam när människosläktet befann sig på savannen inför ett lejon, men nedanför ett vattentorn blir besluten inte lika ändamålsenliga.

Och tyvärr är reptilhjärnan inte särskild finkänslig. Varken hos Petter eller Julia.

Men nu över till backen.

"Stick härifrån", väser Julia och vänder sig mot vattentornet.

"An … p-p … k-ak …" stammar Petter fram med en kortslutningsliknande frasering.

"Har du lättat på trycket?" svarar Anton som om han inget hört och skakar handen lätt. Ränderna från skoavtrycket har övergått i en rodnad. Petter hugger tag i sin ryggsäck och svingar den ner i marken intill Moa med en duns.

Det här stämmer inte, tänker Anton. Senast vi träffades var allt som vanligt: Nyårsfesten i Julias och Petters villa med utsikt mot Viaredssjön.

Kvällen blev suddig i all alkohol, men han minns hur de stod tillsammans på balkongen och höll om varandra, ömsom huttrande, ömsom fnissande och skrålade in det nya året. Fyrverkerierna sprakade och tjöt, smällarna ekade över himlen samtidigt som de följde månens vandring över den stilla och mörka sjön. Deras lycka tycktes följa en rak och förutbestämd väg framåt.

"Så din kompis fick följa med", fräser Julia. Anton uppfattar undertexten, varken en fråga eller ett sakligt konstaterande, snarare en verbal örfil. Anton fastnar i orden *din kompis*. Nog för att han och Petter hade varit kompisar – visserligen har deras sociala formtopp passerat för länge sedan – men när skulle Petter ha blivit *hans*?

"Och vad gör *du* här"? morrar Petter.

"Ursäkta, vad händer?" frågar Anton och vänder sig mot Moa, och placerar henne i ett obekvämt strålkastarljus av uppmärksamhet.

"Jag tänkte bara att … att vi skulle ha lite trevligt ihop. Det är väl inget fel med det?" Hon slår ut med armarna.

Problemet var inte bristen på ambition att vilja ha trevligt. Frågan var snarare, vilka man *inte* vill ha lite trevligt tillsammans med?

Anton sjunker ihop, sneglar efter ledtrådar. Kanske en vigselring? Men tyvärr skymmer Petters ölburk och Anton gräver istället i sin väska.

"Jag har med en Bluetooth-spelare, ska vi lyssna på lite musik?" flikar Anton in och snart dränks deras andhämtning av *Big in Japan*.

Introt låter oerhört malplacerat med sina asiatiskt doftande syntslingor, vilket bara förstärker absurditeten. På Antons skärm visar Linkedin-ikonen två nya besökare, men inte ens det kan få honom att släppa uppmärksamheten från dramat. Och vem som är hjälten eller skurken har han ingen aning om.

"Visst låter de fortfarande bra? Jag gillar basgången. Tänk att det är nästan fyrtio år gammal musik", skjuter Anton in och lyfter upp högtalaren så att alla verkligen ska förstå varifrån musiken kommer.

Julia är dock varken särskilt intresserad att diskutera musikhistoria eller basgångar.

"Moa, vad sjutton, vad ska det här föreställa?"

Julia betraktar Moa med en iskall uppsyn. Och då inte med en blick som man *får*, utan snarare som en blick man *träffas* av. Hennes berättigade invändning får Moa att köra sin invanda strategi – att spela döv och samtidigt fingra på sin inhalator. Alltså, Moas vanliga försvarsbeteende som alltid har stört Julia till vansinne.

"Kom Moa, jag ska ha några ord med dig!"

Det är ingen vädjan, snarare en befallning och tjejerna kliver över stenmuren och försvinner iväg.

Kvar sitter Anton och Petter. Bägge glor ner i gräset.

"Vi är inte ihop längre. Visste inte du? Nu är det Lova som gäller", säger Petter.

"Jaha. Jag beklagar, eller säger man grattis? Vill du stanna kvar?"

En minimal ryckning kan anas i Petters ena mungipa.

Nä, Anton visste faktiskt inte. Hur skulle han veta då de inte har kontakt? Han visste inte ens att Julia skulle komma.

"Men jag tänker inte kapitulera, jag vann slaget för jag var här först", markerar Petter, med sin ständiga förkärlek till metaforer från krig och allehanda kanoner.

Anton sväljer tyst då han hör den grälsjuka tonen.

Nog för att Petter och Julia hade ett stormigt förhållande, men i någon bemärkelse tyckte Anton att det var uppfriskande att betrakta deras ständiga pikar och konflikter – då framstod hans egna misslyckanden som mindre eländiga.

"Jag hade ingen aning. När tog det slut?"

"I höstas. Eller, egentligen långt innan."

Petter tar några klunkar från ölflaskan och stryker handen över hakan.

"Det har varit skit sedan dess. Jag har försökt med allt, men Julia är helt omöjlig. Finns inget mer att säga."

Anton sänker musiken, som i en förtrolighet, men vet inte vart han är på väg i samtalet. Samtidigt som han känner sig lurad, kanske av livet självt – att detta par som har varit en kvarvarande bro mellan ungdomstiden och vuxenvärlden – bara var en illusion. Men Petters fåordiga uppsyn lämnar inget att ta fäste vid. Inte för att Anton är avspisad, det finns snarare inga ord att greppa tag i.

Istället drar Anton fram en påse grillchips ur väskan och river isär öppningen. Knastret av chips mellan hans tänder får bli en fullgod ersättning till ljudet av manlig, förlägen tystnad.

"Vill du ha?" frågar Anton till slut och lutar påsens öppning mot Petter, och får en axelryckning till svar.

Ett klent stenkast bort står Julia med armarna i sidan, lutad mot en enorm lind. Stammen skaver mot ryggen. Trots myran som tycks vandra runt i nacken är hon fastfrusen med blicken borrad genom Moa. Det tilltänkta vinmyset i gräset tycks högst avlägset.

"Jaha, hur tänkte du här?"

"Jag ville bara att vi skulle ha lite trevligt tillsammans ..."

"Med *honom* där!?" Julias arm flyger ut mot stenmuren som gömmer killarna.

"Jag visste inte att Petter skulle med, och inte heller att det var så infekterat."

"Du kunde väl ha frågat Anton *innan*, om han hade tänkt bjuda med någon mer?"

Över deras huvuden skränar en skock kråkor som far fram mellan grenarna. Oljudet låter i Julias öron som ett hånskratt från himlen.

"Men kan vi ändå inte försöka ha lite trevligt? Om inte annat för gamla tiders skull?"

Från Gustav Adolfskyrkan hörs klockans olycksbådande slag och Julia sneglar på sitt armbandsur.

Kvällen har knappt ens börjat, tänker hon och anar att det kan bli en evighetslång uppförsbacke.

"Det var länge sedan jag träffade Anton. Om inte annat så stannar jag *för hans skull*", inskärper Julia, borstar handen över nacken och tar ett kliv framåt. "Och Petter, den idioten, har jag inte haft något att göra med sedan jag flyttade. Det visste du! Honom tänker jag inte befatta mig med."

Moa sänker huvudet och tar ett steg bakåt så Julia kan passera.

Då tjejerna sätter sig på filten har musiken tystnat. Anton trycker ner telefonen i fickan och lägger sig bakåt med överkroppen stödd mot armbågarna. Det ser avslappnat och självsäkert ut, men Petter anar att kompisens kroppsspråk bara är en kuliss.

Petters huvud är fullt av pulserande intryck. Efter tre ensamma minuter med Anton, utan knappt ett ord, har han märkt att ett beslut har tagit form. Osäkerheten har stelnat till något hårt och stridslystet.

"När börjar spelningen?" undrar Julia. "Jag har förresten inte swishat för biljetten." I hennes ton andas en irritation som inte minst Petter snappar upp, och frågan drar upp en oskön reva i tystnaden som omger gräsplätten.

"Vid tjugoett, vi kan gå ner till stan och ta en öl om någon vill?" svarar Moa. "Hur gärna vill ni det just nu?"

Moas motfråga påminner Petter om skattningsformulären han gjorde hos sin terapeut; ett smygande försök att ringa in hur nära sammanbrottet man befinner sig. Han drar snett på munnen.

Ingen svarar.

Ett par i övre tonåren trippar uppför trapporna. Deras ljusa plagg fladdrar till i en vindstöt, och armarna om midjorna lämnar inga obesvarade tolkningar. Uppmärksamheten vänds emot dem, där de passerar som en påminnelse om de före detta vännernas åldrande och söndervittring i all bitterhet.

Paret hastar vidare utan att stanna upp. Kanske på goda grunder.

"Aha, hmmm …", tänker Anton högt, men hejdar sig. "Förresten, hur går det med Lova?" Han vänder sig mot Petter som behöver några sekunders betänketid.

"Jo, men fint. Vi åker till stugan på lördag."

I ögonvrån märker Anton hur Julia rycker till. Hennes handledslänkar skramlar, eller snarare rasslar till. Anton föreställer sig en skallerorm. Ljudet är egentligen inte särskilt likt, men skallerormsliknelsen har han tänkt många gånger.

Under gymnasiet tyckte han först att Julia var fjantig, överdrivet feminin med sina smycken och länkar, pimpinetta sätt och patetiska intresse för smådjur.

När de träffades som vuxna framstod hon snarare i dess motsats: Driven med en integritet, dominant och självsäkert klädd med guld om halsen.

Hennes rättframhet har alltid skrämt honom, som att Julia är på sin vakt, redo att hugga. Aldrig har hon varit dryg eller taskig, men kanske är det bara att deras kemi inte riktigt passar?

När Lova nämns spränger en tryckvåg fram genom Julia. Hon sätter handen instinktivt över bröstkorgen och drar ett djupt andetag.

Att Anton frågar om henne är kanske logiskt, funderar hon, han vet väl inte vad jag vet. Antons kommentarer är som mössen katten stolt lägger vid sin ägares fötter. Så välmenande men ändå så otajmade, men lik förbannat går det inte att bli arg på stackaren som inte vet bättre.

Julia vrider huvudet mot Petter, som vilar halva kroppen utanför filtens kant. Över hans underarm ser hon en fyllig tatuering: *Lova.*

Hans stela leende ser sådär självmedvetet ut, som att han njuter av att få nämna Lova inför mig, tänker Julia. Hon spänner fingrarna i ett krampaktigt grepp om vinflaskans hals. Han vet att jag hatar tatueringar, och nu har han passat på! Och snart åker de till stugan, klart att hans föräldrar tycker det är *underbart* att ha dem hos sig.

Anton tar på solglasögonen och blundar. Men den vibrerande stressen släpper inte taget.

Det jag vill göra, det gör jag inte. Men det jag inte vill göra; det gör jag. Varför lever jag med en munkavle på?

Antons tankar kan anas i hans sammanpressade läppar och rynkade panna, och huvudvärken har inte heller direkt höjt hans energinivå.

Ska vi tjafsa oss igenom vår återförening? Är livet inte mer än så? Anton märker hur han drar in axlarna, och kniper ihop ögonen så hårt han kan.

Utifrån sett tycks de fyra föredettingarna ha tagit en ordentlig dos neråttjack. Tysta, med minimala kroppsrörelser av typ pokerspelarproffs sitter de, tillsammans, utslängda i sin ensamhet. Ett lugn som kastar dem in i stormarna av minnen och ouppklarade händelser. Inte mycket har blivit sagt, ändå börjar det bli rätt jobbigt nu.

Ett avlägset flygplan fångar Julias uppmärksamhet. Hon skuggar ögonen med handen och ser hur det lämnar en vit rispa i sin väg över himlen. Långsamt försvinner det söderut. Åt samma håll som resan med Petter efter studenten, den korta stund då alla dörrar tycktes stå öppna.

Varför blev det såhär? Varför blev vi ens ihop?

Julia kan förnimma Petters tonårsröst – han måste ha kommit sent in i målbrottet – och den var lite kraxigare än de flesta unga grabbar med nyss taget körkort.

Petter hade stannat på parkeringsplatsen utanför skolan och väntade in Julia. Det var en cirkel som slöts då hon förstod hans intresse. De hade ju känt till varandra sedan tiden i kyrkan. Han satt med ena handen om ratten och den andra på växelspaken, men lät fingrarna möta hennes. En ilning sköt genom Julia. Han sa ändå inget, men fumligheten var bara gullig. Och nedanför vindrutan låg en liten ask med chokladhjärtan. *Till Julia*, stod det på det tillhörande kortet.

Den kvällen hade hon markerat i dagboken med ett stort hjärta.

Julia hade hört viskningarna om Petter – killen som överlevde tsunamin och lurade döden i Thailand. Det vilade något mystiskt över honom. Sårbar, men ändå en urstark kämpe som hade vägrat att ge upp. Hon hade alltid följt hans steg genom korridorerna.

Petters framtoning, hans vältränade kropp liksom glimmade tyst. *Stenmark*, brukade hon kalla honom. Det vilade en trygghet över hans uppsyn, samtidigt skrämde det. Han var så olik henne. Men allt oftare kom hon på sig med att tänka på honom.

Två månader senare besökte teatergruppen Jul på Liseberg. Över Julias huvud dinglade linor klädda med blinkande stjärnor. Ljuset kastade kristaller som gled runt i märkliga formationer över den våta asfalten. En julgran dekorerad med glitter och snöpuder sträckte sina täta grenar mot gångbanan. Plötsligt hoppade Anton fram ur skuggorna.

"Buuuh!" ropade han. Julia tjöt till och kastade sig mot Petter som höll på att ramla.

I efterhand hade Julia tänkt flera gånger på den episoden. Tydligast mindes hon tjafset som utbröt i bussen på väg hem. Petter satt intill och ritade ansikten på den immiga rutan.

"Hur kunde han va så elak?"

"Han ville ju bara vara rolig. Han gillar dig, försök tänka positivt."

"Anton vet att jag är mörkrädd, hatar plötsliga ljud och är lättskrämd", fortsatte Julia med en klump i halsen.

Hon viskade i Petters öra. Julias fingrar darrade och hon drog håret ur sitt ansikte. Utanför gled den gultonade gatubelysningen förbi i en allt snabbare takt och bussen kom ut på motorvägen. I sätena framför satt Anton och Moa, knäpptysta.

"Ta det lugnt. Sluta överdriv! Han är ju en teaterapa som …"

Petter kom inte längre förrän en menande stöt träffade i sidan. Julia nickade mot Antons hårfluff som stack upp vid nackstödet. Denna minnesbild etsade sig fast. Mycket göms under ytan i oceanerna av intryck, men just känslan av utsatthet är oförglömlig. Och i synnerhet när den kommer från den man tror sig höra ihop med.

Om vi zoomar ut ur situationen för ett ögonblick, så ser vi det klassiska problemet "manligt" vs "kvinnligt" dyka upp. Något förenklat uttryckt såhär:

- Hon berättar om ett problem.
- Han ger råd och förslag på lösningar.
- Hon blir frustrerad för att han inte bara lyssnar, och därför berättar hon om problemet igen.
- Han blir arg för att hon ältar och känns otacksam.

Denna loop kan varieras i en mängd olika upprepningar och stickspår. Allt detta, adderat med ungdomlig brist på erfarenhet är en dålig cocktail om en lycklig relation önskas.

Nå, vad hände sedan?

Petter hutade åt Anton, trots Julias vädjan att inte berätta om hennes reaktion. Anton tog dem åt sidan nästa gång teatergruppen träffades och gav en halvhjärtad ursäkt, plus ett skämt om turligheten att Petter var så vältränad att han kunde fånga upp henne.

Petter skrattade förläget. Det träffade Julia som ytterligare smocka.

Samma kväll ställde sig Julia på vågen flera gånger och la sig därefter på tom mage.

Kapitel 5

"Hur är det att vara tillbaka i stan?" Petter trummar med fingrarna mot ölburkens botten och vänder sig mot Anton.

"Hmm ... på avstånd kan Borås se tråkigt och inskränkt ut. En typisk mellanstor stad utan visioner. Men så kommer man hit och tittar närmre – och ser att precis så är fallet!" Bara Petter drar på munnen.

"Ni har i alla fall ingen gigantisk Pinocchio i er stad. Ska du regnhåna oss också?" skrattar Petter.

"Tycker du så, Anton? Är Stockholm verkligen så mycket bättre?"

Moas kontring vittnar om allt annat än medhåll.

"Där är luften liksom lättare att andas. Större utbud, större frihet, fler möjligheter. Borås har dessutom Göteborgskomplex. Jag hörde om det jättelika höghuset som ska byggas i stan. Det låter ju helt rubbat."

"Äh! Stockholm då? Snarare större möjligheter att bli skjuten till döds, bli överkörd på ett övergångsställe eller att bli ensam. Jag håller inte alls med dig."

Ingen missar irritationen i luften. Anton placerar handflatan i gräset och flämtar till. Han lyfter handen och kollar. En tistel. Han borrar ner fingrarna runt plantan och sliter upp den.

"Jag kom tillbaka hit för Stockholm var redan fullt; av stressade människor, svek, skvaller och småsinthet", fortsätter Moa. "Men det är kul att just *du* trivs där." Och hon ler fromt.

"Det är väl inget fel på Borås", påpekar Julia. "Synd att du har en sån negativ uppfattning. Varför är det så?"

Anton petar bort jord under naglarna.

"Alla är så ängsliga med att ha rätt märken på kläderna, känna innefolket och bo på fina gator."

"Du pratar om Stockholm nu eller?" Julia skickar ett vasst leende.

"Nä, men skit samma. Jag har förresten blivit uppsagd, har inte råd att behålla lägenheten och manuset är refuserat. Dessutom har jag jäkligt ont i huvudet."

"Oj. Det var många saker. Jag förstår om du har det motigt" svarar Julia och sänker axlarna en aning.

"Kan du inte testa något nytt jobb? Krigskorrespondent eller typ reporter i Ukraina så blir du säkert rik", säger Petter som får en lång blick av Julia.

Men Anton bara skakar sakta på huvudet, med armarna om sina knän.

Moa hör hur Antons kommentarer studsar likt ett unket eko från förr. Hon känner sig ändå överrumplad, kanske mest över sin egen reaktion; att hon har glömt hans gränslöst uppgivna sidor, men likväl hur han alltid söker bekräftelse. Ja, det var ju länge sedan de delade de vardagliga bekymren.

Just det, snart kommer babblet om genombrottet bakom krönet eller fantastiska historier om vänner i branschen. Allt som följer på gnället om att ingen fattar hans storhet, tänker Moa och för glaset till munnen.

Inuti känns det som att hon har en handgranat i magen med sprinten utdragen. Moa vet mycket väl varför.

"Du får väl söka fler yrkesområden", inflikar Petter och spottar ut sin prilla i gräset. "Vad gör du istället då?"

"Jag funderar på om det ska bli en bok om Stockholms undre värld, har tänkt kopiera Jens Lapidus stil. Fast jag vet inte vad jag ska göra. Bli fakir kanske?"

Ingen skrattar. Och kanske fler än Moa slås av tanken att Jens Lapidus-böcker bäst skrivs av just Jens Lapidus.

"Förresten, vad vill ni höra? Det finns mycket bra svensk hip hop. Eller Cornelia Jacobs, Miss Li, Bolaget, Einár? Har ni sett mina nya högtalare från JBL, lyssna här?"

Moa känner Antons personlighet. Alltid svårt för tystnaden. Den trevlige killen, som ser till att omgivningen trivs, att alla är nöjda med honom och hur han uppfattas. Personen som tackar för en fest via ett inlägg på Instagram, så att ingen ska missa konturerna av ett så kallat spännande liv.

Plötsligt minns hon varför de slutade kommunicera, trots gemensamma politiska åsikter, litteraturintresse, lägenheten med ett nyrenoverat kök. Men trots alla avklarade punkter på innehållsförteckningen över ett perfekt förhållande var allt ändå så otroligt torftigt.

"Jag var förra veckan på maskerad på Skånegatan, SoFo, alltså Södermalm, med en massa kändisar. När jag stannade vid vattenhålet, baren alltså, träffade jag en kille utklädd till jultomte. Han var så jäkla rolig, rösten lät som Jonas Gardells. Jag presenterade lite romanidéer och han tyckte de lät riktigt nice."

"Ta något med Miriam Bryant", bryter Julia in och drar till i klänningens fåll så den täcker hennes knän.

Moa fattar: Julia vill höra vilken skitmusik som helst för att slippa snacket.

"Eller Rammstein? De spelar i Göteborg nästa vecka!" Petter sneglar mot Julia. Moa känner väl till Julias aversion mot Rammstein. Men Julia hugger inte tag i provokationen, utan låter flaskan tyst vandra mellan händerna.

Då Moa tar ett djupt andetag märker hon ett stänk av närhet inför sina gamla vänner: gemenskapen i ensamheten. Det är befriande att se deras sårbarhet, att de är lika utsatta som hon så ofta har varit. Hon vet att Julia och Petters äktenskap var olyckligt. Att se dem tjafsa var att kika ner i en avgrund i dess renaste form, ett bråddjup av missförstånd, uppskruvat tonläge och allt mer gapande på varandra. Som att dålig hörsel var själva problemet. Ja, nu sitter vi äntligen här igen, efter tio pensionsgrundande år av besvikelser. Hennes flin fyller hela ansiktet.

Låt oss zooma ut ett ögonblick och granska Petter. Han har inga tydliga minnen av varför det blev Julia. Men hon var attraktiv helt enkelt. Petter följde mannens klassiska logik – att gå dit resningen pekar.

Petter försökte vinna henne så gott han kunde. Efter några dagars sällskap ville han bli personlig, och berättade om hur välformade bröst hans första tjej hade.

Kanske borde Petter ha insett vad ett sådant förtroende kunde leda till. Det var en något opolerad kärleksförklaring, slutklämmen var att nu hade han *bytt upp sig*. Så långt hann han inte. En minut senare var det nästan slut. Alltså:

- Man pratar inte med sin nuvarande om sina ex.
- Ska man ändå prata om dem så gör det inte utan bra skor som det går att springa snabbt med.
- Ignorerar man ovanstående punkter får man helt enkelt skylla sig själv.

Petter fick alltså skylla sig själv och en uppläxning han aldrig kunde glömma. Där planterades fröet till den ständiga osäkerheten att uttrycka sig inför henne.

Deras föräldrar kände ytligt till varandra från Missionskyrkan. Julias pappa hade en aktiv roll i församlingen och det internationella arbetet, medan Petters familj hittade dit efter att han och brodern som barn blev aktiva i scoutgruppen.

Det avgörande var konfirmationen. Julia och Petter hamnade i samma grupp, denna bitterljuva tid då allvar och lekfullhet blandas ut till ett startskott av pubertal förvirring.

Dopet och konfirmationen slogs ihop som två sidor av samma ritual och Petter tittade storögt hur dopförrättaren föste Julia varsamt upp ur vattnet. Samtidigt avtecknades hennes former av det drypande tyget mot bakgrunden av en lycklig församlingspedagog. Det var en syn som Petter inte kunde få osedd. Där blev Julia till för honom. Egentligen.

Nog om minnen – över till backen.

"Jag tycker att det är så fräckt av dig, Moa! Du har dragit ihop oss för att skapa ett drama. Du visste att han skulle komma. Vi har ingen kontakt, och så ska vi ses här!" Julias betoning på *han* lämnar ingen tvetydighet.

Julia trycker in korken i flaskans öppning och rycker upp väskans dragkedja.

Petter släpper taget om burken och stirrar mot Moa. Hennes ansikte grånar, likt den sista glöden som förvandlas till aska. Det far så många tankar genom Petter.

Han vet mycket väl vem som gav relationen det dödande hugget och att det aldrig kommer förlåtas. Men framförallt känner han en lättnad, för Julias vrede är för tillfället riktad åt ett annat håll. Han är i lä och hör anklagelserna vina förbi som kulor mot en annan måltavla.

"Men nu ska vi väl ha trevligt? Vi är ju gamla kompisar", mumlar Anton med ett röstläge som antyder en inte fullständig övertygelse om saken.

"Ja, precis!" fyller Petter i.

Det finns något revanschistiskt som bubblar fram i honom – njutningen att se Julia tappa ansiktet inför publik.

"Men du Anton, hur mår du egentligen? Det verkade så tråkigt med jobbet och bostaden och allt", fortsätter Petter, vars intresse för sin före detta vän inte är något annat än en genomskinlig attack riktad mot exet.

"Jo, tack för att du frågar, men det finns säkert fler här som behöver lätta sitt hjärta", svarar Anton och nickar mot Julia.

"Prata ni på. Det är fint att höra Petters nyfunna humanistiska intresse", snäser Julia och tar fram telefonen och skriver något med sin darriga hand.

Ett kort ögonblick därpå plingar telefonen till och Julia får ett, för kvällen, sällsynt belåtet ansiktsuttryck.

Inuti Moa pågår en helt annan kamp. Julias hårda omdöme bränner, men passerar förbi. Moa märker hur något roat smyger sig inpå, för snart är allt över.

Hon erfar något som människor kan uppleva då de är nära döden, att livet passerar förbi i korta och outsägliga klipp. Flyende bilder som rinner ut likt sand genom fingrarna. Hon ser vännerna och utanförskapet i sitt liv. Ensamheten, denna följeslagare som egentligen har varit hennes enda pålitliga sällskap. Men likväl i en känsla att vara avskärmad från sig själv.

Dissociation, kallar psykologer det.

Men snart är det Moas tur. Hon flinar.

"Vad kostade biljetterna, har du Swish?" undrar Petter och vrider sig mot Moa.

"Ni behöver inte betala. Se det som en present."

Anton hajar till. Ekonomiska Moa, som alltid tar med tomburkarna för att panta, eller ställer bilen på en Ica-parkering långt ifrån centrum för att slippa p-avgiften. Hans huvudvärk gör sig åter påmind.

Moa tar fram sin inhalator, drar in ett ordentligt andetag och sträcker på ryggen. Vid utandningen är hennes leende triumferande.

"Tack, jag kan bjuda på bärs nere på spelningen", svarar Petter.

Hon vill verkligen att vi ska ha en kväll ihop, tänker Anton. Betalar för att få vara med oss.

"Anton, jag har några frågor till dig", utbrister Moa. "Du berättade ju att allt hade gått dåligt sista tiden."

"Jo, det stämmer."

"Hur mår du nu? Lite huvudvärk berättade du om, eller?"

"Jag har känt av det rätt mycket sista tiden. Liksom spränger innanför mitt vänstra öga. Ibland kan solljuset vara jobbigt."

"Usch, det låter inte kul. Jag minns att du klagade på huvudvärk om kvällarna när du kom hem från jobbet. Du la dig ofta tidigt, ensam. Borde du inte ha sökt för det?"

Julia stelnar, som hon precis hejdade en framrusande tanke, medan Petter sparkar till en urdrucken ölburk så den rullar nedför backen.

"Jo, men ..."

Anton ser hur Moa kramar om inhalatorn, pressar den knutna näven mot magen. Han anar vart hon vill komma, och biter ihop käkarna så hårt att det pressar upp i öronen.

Jag måste berätta, jag måste berätta det nu. Kan jag verkligen? hinner Anton tänka.

"Ska jag säga sanningen?"

"Ja, låt oss höra!" utbrister Moa och lyfter hakan.

"Jo, en viss sak."

"Va? Vilken sanning?" frågar Petter som tittar på den rullande och hoppande burken.

"Jag ska träffa läkaren på måndag. Visste inte om jag skulle berätta. Jag ville att ni skulle veta, men ändå inte."

"Ska du?" Julia har lagt ner telefonen i gräset. För ögonblicket verkar den dåliga stämningen har nått eld upphör, som Petter kunde ha sagt.

"Jag har länge plågats av huvudvärk, bland yrsel och illamående."

"Bra att du ska gå till vårdcentralen i så fall", skjuter Moa in och skruvar lätt på sig.

"Det är inte vårdcentralen jag ska till. Besöket är hos en läkare som ska berätta resultatet från min datortomografi." Anton pekar mot sitt huvud.

"Har du en hjärntumör? Säg inte att det är sant!" flämtar Julia.

Moa fryser till is, känner hur Antons konturer tycks förändras, som att han löses upp i luften. Hon tar ett djupt andetag. Det hugger till i bröstet.

Hon ser alla kvällar då Anton la sig tidigt med diffusa symptom. Huvudvärk, trötthet eller lätt illamående. Bitarna faller på plats. Hon sänker huvudet, drar in axlarna. Föreställer sig krympa ihop till en liten prick.

Hennes planerade fortsättning på utfrågningen har precis kört i diket.

"Men du, öhh ... Är det illa? Jag menar, läkarvården är ju bra i Sverige", mumlar Petter.

"Hör du inte vad han säger, Petter? Kanske sista sommaren. Det låter så fruktansvärt ...", utbrister Julia.

"Ta det lugnt nu." Antons röst övergår i en viskning. "Jag var på läkarkontroll. Faktiskt en hel jävla massa undersökningar. Det började med att jag trillade ur sängen."

Julia sätter sig på huk och fångar in hans slokande kropp i en omfamning. Hennes telefon glider då ur handen och landar precis framför Moa. Det är omöjligt att inte tjuvläsa:

Hej Micke älskling! Jag åker till dig om någon minut. Vår så kallade fest floppade. Vänta på mig i sängen! Puss!!

Ojoj, tänker Moa och glömmer Anton under en välbehövlig sekund.

Genom de före detta vännerna sköljer en våg av intryck. Deras blickar flackar runt i gräset, som på jakt efter fusklappar för sin nästa replik.

Ögonblicket balanserar på en knivsegg, där allt samtidigt pågår men ingenting tycks vara på riktigt. Eftermiddagen har hamnat i ett stand by-läge och fjärrkontrollen tycks vara slängd någonstans i Viskan. Det kanske enklast kan sammanfattas som tomhet.

"Men jag orkar inte prata om min sjukdom. Förlåt att jag tog upp det. Kan vi inte bara försöka ha kul? För gamla tiders skull. För sommaren."

"Så du är döende?" viskar Moa. Hennes kinder ser likbleka ut.

"Jag vet inte. Alla är vi väl på sätt och vis döende, jag kanske lite mer än ni."

"Men vad är prognosen?" undrar Petter.

"Och hur mår du, hur klarar du att leva med det här?" fortsätter Julia.

"Jag mår ändå okej. Har haft ett tag att bearbeta. Läkarna är inte säkra på om det är en tumör, inte vilken sort heller. Vissa kan ju botas. Men, jag hade ju inte gjort datortomografin om inte läkarna misstänkte det som jag befarar."

"Shit …", utbrister Petter.

Då de har suttit orörliga några sekunder och tankarna har fått sjunka in, pekar Anton försiktigt mot Petter och Julia.

"Förresten, varför är ni så arga på varandra?"

Julia rycker till, men lägger sin hand över Antons kind. De rödfärgade naglarna lyser upp som smultron över skäggstubben.

"Inte ska vi prata om det nu. Inte när du har berättat … det här. Det finns ju viktigare saker än så."

Anton lyfter varsamt bort hennes hand och makar sig tillrätta i gräset.

"Ja, precis. Jag vet att det finns viktigare saker än så. Men om det inte är så viktigt, varför är du och Petter så vresiga?"

"Men du, Anton vänta lite." Moa sjunker ihop ytterligare.

"Varför har du inte sagt? Det gör ont i hjärtat. Vet familjen om det?"

Anton kisar mot horisonten och får något bestämt över ansiktet.

"Nej, de vet faktiskt inte, men detta är ju även nytt för mig. Jag vill absolut inte prata med dem, du vet hur min virriga mamma skulle reagera."

En bil startar nere på parkeringen, skrapar hål på den kompakta muren av obehag. Deras fladdrande blickar letar efter något att greppa tag i, men inget finns att kontra med. Anton tar då upp telefonen, drar fingret med några hastiga rörelser över skärmen och suckar. Introt till Forever Young letar sig fram ur högtalaren och Julias ansikte skrumpnar ihop.

"Om detta är vår sista kväll, eller er sista kväll med mig, kan vi inte göra den värdig?"

"Men Anton, jag blir bara så ledsen, vill helst bara gå hem", flämtar Julia. Hon drar ihop väskans dragkedja och pressar axelbandet mot bröstet. "Jag fattar inte att det är för sent. Det finns så mycket jag skulle vilja säga."

"Gör det då, säg det du vill få sagt."

"Inte ska du tänka så negativt om mig och ... Petter. Egentligen så har vi höga tankar om varandra. Kanske lite för höga och det bara bli konflikter istället. Eller hur, Petter?"

Det går en ilning genom Petter. Repliken "Eller hur, Petter", har så många gånger retat honom till döds. Denna önskan om samförstånd, men som enbart har känts som ett inlindat försök till kontroll.

Men ögonblicket sänker garden. Plötsligt hör Petter hur orden strömmar ur honom, som repliker ur en teaterpjäs.

"Det där menar du inte. Du vill bara vara snäll mot Anton." Petter hötter med burken och några droppar öl skvalpar ur.

"Men vad du låter bitter, ska du inte ta emot hennes, liksom, utsträckta hand?"

"Ursäkta Anton, men jag är fan inte bitter. Kalla mig inte bitter. Men jag kan säga det såhär: Jag blir skitledsen över att höra det du har drabbats av. Men jag har också drabbats hårt. Gissa vad? Av livet."

"Ja, eller vad menar du?" Anton ser överrumplad ut, kupar handen över pannan för att skugga ögonen.

"Hur jävla roligt tror du det är att flytta in i i ett sunkigt kedjehus efter att ha kämpat i åratal? Kämpat för att få något dött att leva?"

"Jag tycker i så fall att du inte skulle vara grinig ifall du slapp kampen med det där döda, vad det nu är du menar?"

Petter skrattar kärvt åt omtolkningen.

"Nä förvisso, om kampen är slut så borde jag väl vara nöjd."

Petter vet att Julia har hört liknelsen om något dött så många gånger att de bägge för länge sedan tappade räkningen.

Julia bara skakar på huvudet.

"Jag fattar om ni blev chockade över det jag sa, men det finaste ni kan göra är att ta hand om kvällen tillsammans med mig. Det är en befrielse att ha berättat. Jag känner mig snudd på lättad."

Anton rotar runt i sin väska och plockar upp en förpackning med bouleklot.

"Kan vi inte spela? Killarna mot tjejerna." Han reser sig upp och klättrar vigt över muren.

"Men Anton, snälla, inte en tävling nu", ropar Moa. "Kan vi inte ta det lugnt, bara sitta och prata?" Hon hyperventilerar, men det hör inte Anton som är i full färd att sortera kloten.

"Stopp, vänta Anton! Vad håller du på med?" slänger Julia ur sig, överrumplad. "Du berättar om en kanske dödlig sjukdom – och sen vill du spela boule! Det är ju nästan absurt."

Anton lutar sig över muren och sänker tonläget.

"Okej, det kanske verkar märkligt, men jag pratade med sjukhusets kurator för ett tag sen. Hon sa att aktivitet och rörelse är det bästa botemedlet mot ångest och oro. Det blir fan inte bättre att sitta och snyfta i backen. Ni kan väl spela för min skull?" Han lyfter två bouleklot och väger dem i händerna.

Efter en kort betänketid rätar Petter och Julia på sig och klättrar över muren. Och för en gångs skull har Petter och Julia en gemensam riktning. Om inte annat är de tacksamma över att ha kravlat sig ur Antons obekväma frågor om deras relation. Kanske är det bara så enkelt?

Moa då? Henne är det som vanligt ingen som frågar.

Snart står killarna för sig och tjejerna en bit ifrån och betraktar hur Anton sprätter iväg träkulan med ryggen mot borgens mäktiga stenvägg. På trappan intill hoppar en gråsparv och flaxar vidare över grässlänten. Första klotet far iväg ur Antons hand och landar med en duns.

Moa har lagt armarna i kors över bröstet och ser hur det usla kastet får klotet att rulla flera meter för långt.

Det är för sent, tänker hon. Jag har missat min chans. Helvete.

Längre hinner Moa inte förrän Julia tar upp hennes vinflaska från marken och fyller sitt glas. Julia tar några djupa klunkar.

"Förlåt, jag behöver påfyllning för att överleva den här overkliga kvällen. Men vad är det för vin?" Hon synar etiketten med en skakig hand. "Deutscher Landwein? Smakar ju bara socker." Därpå skickar hon iväg sitt klot.

Då Petter drar skospetsen över gruset kommer han plötsligt ihåg hur de fördrev sin tid vid vattentornet under lunchrasterna. Killarna tävlade om vem som kunde hoppa jämfota längst från muren. De landade ovigt och skrapade handflatorna i gruset. Och de tjuvrökte. Tjejerna blev snurriga och Petter försökte dölja sina hostningar. Rädda för att bli upptäckta, smusslade de med paketen i korridorerna, men Anton bjöd generöst utanför skolans entré och försökte få med fler från klassen.

Här promenerade Petter och Julia, vidare nedför gräsmattan och in bland villorna på Norrmalm efter repetitionerna. Händerna hängde slappt utmed deras sidor, men sakta letade fingrarna efter varandra som två små bäckar i sin förening. De pratade om lärarna, kompisarna i gruppen och planer för kvällen.

Det var en tidig höst, just innan träden skiftade i brandgult och rött, och Julia smög sig in i Petters tankar, till en början nästan obemärkt. Det gick inte sluta tänka på henne, låta ögonen vandra utmed konturerna av hennes tajta tröjor.

Promenaderna blev längre och längre. Hon petade lite tankfullt på kappans knappar, snurrade dem några varv för att sedan släppa. Och så kom någon fråga om framtiden, om han kunde tänka sig bo i en lägenhet eller på landet eller om riktig vänskap avgörs av vad man gör eller vad man tänker. Ja, sådana funderingar.

Hon var en Messerschmitt av söta grubblerier och en riktig sexbomb. Petter hade ju alltid haft en förkärlek för militäriska liknelser. Men han log och visade att hennes tankar var viktiga, och på riktigt. Det räckte långt.

"Men kom igen nu Petter", grymtar Anton. "Jag vill inte vänta hela kvällen på ditt kast."

Petter svingar sitt klot, vilket landar på det Julia nyss har kastat. En högljudd knock hörs.

Julia betraktar Petter som i en avlägsen dröm. Ett skådespel där händelser utan inbördes ordning avlöser varandra. Hon drar fingrarna mot stenväggen som för att skava bort overklighetskänslorna. Petter och Anton buffar glatt på varandra, grabbigt, precis som förr i tiden. Och hon minns.

De tunga stegen uppför trappan mot vattentornet. Frustrationen över den smått rasistiska matteläraren, hur hon och Petter gick sakta, steg för steg runt borgen. Tillsammans. Petters försök till tröst, vilket var råd och diplomatiska suckar om oförstående vuxna. Hur han gav henne uppmärksamhet på sitt tillbakadragna vis. En blinkning, ett leende, en fumlig arm om hennes midja. Petter var i alla fall en lyssnare. Fick henne att känna sig betydelsefull. Det räckte långt.

Men orden fick aldrig vingar. Aldrig några drömmar om att tillsammans upptäcka världen. Prat om framtiden gjorde honom förlägen. När småbarn sprang förbi vände han sig åt andra hållet.

En dag frågade Julia varför han ville ha henne, Petter blev röd i ansiktet och tystade henne med en kyss.

Han gav istället dyrbara gåvor. Ett halsband i silver. En armlänk av flätade hjärtan i guld. Romantiskt, visst. Men ...

"Resultat är viktigare än prat", sa hennes pappa ofta. Och man ska vara tacksam. Hon hade kompisar som knappt fick en kram på Alla hjärtans dag. Petter försökte, det var ändå vad som räknades.

Ibland tänkte Julia att Petter och hennes pappa påminde om varandra, i all manlighet och inbunden kraft. De var smarta, händiga och kunde klara sig var som helst. Och de visade att *hon* var viktigast. Varför i så fall klaga? Hon älskade Petter, så som hon kände kärlek.

Kapitel 6

"Din tur, Julia", muttrar Moa, som har satt sig i trappan som leder till den förslutna porten till vattentornets innergård. Några brungula löv knastrar under skolsulan då hon makar sig tillrätta. Julia förflyttar sig mot kastlinjen, låter armen gunga och slungar iväg klotet. Metallklumpen svischar förbi som en påminnelse om alla bollsporter som Moa hatar: tennis, volleyboll, fotboll. Hon har tvingats träna sport efter sport efter pappans krav, ja till och med boule. Moa skulle ju bara *hitta sin grej*, som styvmamman sa.

Pappans förväntningar och alla dessa tävlingar. När kusinerna samlades hos farmor skulle barnen springa hinderbanor. Förbi buskar och rabatter, över pappkartonger och genom vatten-graven – en gammal tvättbalja till brädden fylld – och vidare med bara fötter mot målet. Att leva var att tävla.

"Att spela boule, Anton, det är väl inte att leva?" viskar Moa med ansiktet vänt mot trappstegen.

Om du ställer dig med ryggen mot vattentornet och tittar ut, ser du hur Skolgatan pekar mot stadens centrum. Över de krökta takåsarna och skorstenarna skymtas Carolikyrkans torn, hög-husen på Norrby och lägenheterna i backarna på Tullen. I fjärran smälter fonden ihop i en lummig linje mot himlen som Rya åsar och skogen bortåt Pickesjöns vildvuxna terräng tycks bilda. Mellan dessa punkter kan en Best of Moa & Julia-lista samman-fattas.

Hade de plockat fram ur minnenas skafferi kunde följande läckerbitar ha nämnts:

- Artisten Septembers spelning den där sommartorsdagen och när tjejerna därefter hakar på turnésällskapet till Viskan och badar.

- Då Julia nästan blir rånad en grådisig kväll på Hötorget och Moa kapar killen med en spark i knävecket, och de springer oskadda därifrån.
- När Julia och Moa på bussen mot Fristad inser att en passagerare har fått hjärtstopp och tillkallar hjälp. Mannen överlevde och som tack skänkte dem tio tusen kronor var. (Moa sparade pengarna. Julia köpte kläder.)
- Den romantiska helgen sista terminen när Petter och Anton överraskar tjejerna med en dubbeldejt på restaurang, och åker limousine (den korta sträckan) till Grand hotell för en övernattning.

Underbara minnen. Men ett storslaget förflutet kan vara tungt att axla i skenet av dem som de därefter blev.

När sista omgången är färdig summeras spelet: Moa och Julia vinner tre omgångar mot en. I luften dansar knotten. Genom grenverken flödar ljuset och målar upp blad och grenar i allt mer orange toner. Buskagen kastar skuggor över gruset och solen verkar allt tröttare, den håller på att ge upp dagen.

Anton slänger en blick på armbandsuret. Han har *berättat något* om sig, ett strängt privat ämne. Nu är han inte Anton längre, nu är han Döende Anton. Och de subtila förändringarna i stämningen undgår ingen. Julia och Petter har till och med klarat att kommentera varandras spel, om än fåordigt, men tätheten i luften tycks annorlunda. Den gamle Anton har lämnat gruppen, en ny klev nyss in. Balansen är rubbad och han vet det.

Anton betraktar Moa och vänder sig hastigt åt sidan för att plocka upp bouleasken. Han inser att han som vanligt har pratat för mycket. Känner sig avklädd – vill bli sedd – men inte synad. Moa känner honom allt för väl, förstår hur han fungerar. Ändå kittlar en liten fjäder inifrån, den förestående döden gör honom lite mer levande.

Under spelet har Julia gett komplimanger och uppmuntran, omfamnat och masserat hans nacke lätt. Till och med Petter har frågat om han orkar spela vidare. Men Moa har hållit sig för sig själv, gäspat och satt sig ner så fort hon har kunnat. I Moas betraktande ögon bor en analytisk förmåga, det är åtminstone så Anton själv ser det. Hon skalar av lager för lager, gör honom mer än hudlös, nu kan alla storma in.

Fjädern i magen förvandlas till en isande klump.

Det har alltid varit Moa som ville behålla kontakten. Anton förstod inte varför, men samvetet tvingade honom alltid att svara.

För länge sedan hade teatern fått Anton och Moa att hitta varandra. Där upptäckte de sitt gemensamma intresse för J.K. Rowling, J.R.R. Tolkien och Stephen King. Det fanns många litterära verk att diskutera och förlora sig i. Moa var en vandrande uppslagsbok och citerade karaktärerna, medan Anton funderade ut vem av hoberna som skulle passa bäst som finansminister eller vem i Harry Potter-böckerna som mest troligt skulle ha gjort succé i Talang.

De kände en beundran för hur de kompletterade varandra, det var åtminstone så som han ville minnas det. Moa såg hans potential, jämförde hans texter och rolltolkningar med kända verk. Han kände sig beundrad, hon var den första som såg honom som han ville bli sedd. Steget till kärlek var därefter inte långt. Men det var då.

En tid innan Anton och Moa bröt upp besökte Petter och Julia dem i Stockholm. Gängets återförening firades på en kinarestaurang.

En taggig stämning låg i luften mellan Petter och Julia. Trots dämpad och varm belysning förvandlades restaurangen till en kall vrå. Små antydningar flög som vassa pilar om vem som visade (eller inte visade) respekt, hur pengar hanteras eller vad som var intressant eller ointressant att uppleva i Stockholm.

Anton försökte undvika att dras med i bordskriget genom att berätta om alla sina uppdrag som frilansare, karriärmöjligheter och kändisar han hade mött. Moa suckade tyst. Inte en fråga fick hon, men det funderade ingen på.

I en tillfällig paus sköt Moa in att hon hade mensvärk och behövde gå hem. Hon tittade menande på Anton som i sin tur tittade menande på Petter. Men Petter, nu med några öl i kroppen, var upplagd för en krogrunda. De förflyttade sig till varsin barstol och Moa vände hemåt.

En servitör passerade bardisken. Julia satt mellan killarna och stirrade tomt på en ölkran. Servitören bar två tallrikar med ris och friterad kyckling som simmade i ett hav av sötsur sås.

"Det skulle kunna vara Chippen och hans kompis", utbrast Petter och svajade till på stolen då han pekade mot tallrikarna.

"Chips, eller vad sa du? Vem är det?" frågade Anton. Det höga sorlet fick honom att forma händerna som en megafon.

"Vår kanariefågel."

Julias ansikte spändes.

"Men var inte så sur, jag menar ju att det är tur att vi har Chippen så han slipper bli käk. I alla fall på ett sånt här ställe", insköt Petter och vinkade med handen för att beställa.

"Du är så fruktansvärd. Känslolös!" Julia stöttade armbågarna mot bardisken och begravde ansiktet. "Jag går till hotellet. Ni kan sitta kvar här och ha kul!" Hon reste sig upp och gav Anton en lätt klapp över axeln innan hon försvann.

"Men Petter, det där var väl onödigt?"

"Äh, jag menade ju inget illa. Lite skämt får man väl tåla?"

Anton sänkte glaset och funderade som hastigast.

Petter, denne kämpe som aldrig sa emot, skröt eller bråkade. Men när promillen steg kom en annan sida fram. Förändringen var obehaglig, och oförutsägbarheten skapade knappast någon lust för utbyte av förtroligheter.

Anton ursäktade sig och sprang ut på gatan. Han visste vilket hotell de bodde på och tog av mot höger. Efter några sekunder var han ifatt.

"Julia, hur är det?"

Hon vände ansiktet mot det välpolerade skyltfönstret utan att sakta farten. Reflektionen avslöjade obarmhärtigt hennes känslor.

"Ska jag lämna dig i fred?"

Julia skakade på huvudet utan att bromsa in.

Strax därpå var de vid hotellentrén. Två praktfulla amfora-vaser med liljor stod som i givakt utanför glasdörrarna. Julias underläpp darrade.

"Förstår du hur det är att leva med honom?"

"Ja, kanske. Eller jag vet inte. Det var länge sedan vi umgicks. Ska vi prata lite?"

Julia nickade. Anton följde tyst efter de två våningarna uppför trappan, utan minsta aning vad som fanns att säga.

I deras hotellrum låg underkläder och en tom vinflaska på den obäddade sängen.

Slagsmål alternativt försoningssex, var det första Anton tänkte. De har åkt hit för att få egentid, och så blir det kaos.

Julia såg än mer pressad ut, och rafsade ihop röran i en hög på golvet innan hon gick ut i badrummet. Låskolven slog ner med ett ljudligt klick.

Anton satte sig i en fåtölj, tog upp telefonen och skrev ett meddelande till Moa.

"Hade vi haft en fin relation, som du och Moa. Då hade jag varit lycklig", ropade Julia inifrån toaletten samtidigt som Anton svalde tungt.

"Alla har sina problem. Men vill man, så kan man lösa."

En ordentlig snörvling kunde höras genom väggen.

"Ursäkta, jag är trött, ledsen och oerhört låg. Jag behöver lägga mig nu."

Anton tog på seglarjackan som nyss hängde över armstödet.

"Okej, jag hoppas det blir bra. Hälsa alla i Borås från mig. Hej då."

"Tack ändå för att du följde med. Du är en ovanligt godhjärtad person."

När Anton lämnade hotellet tog han av åt höger. Fortsatte tre gator och vidare mot i St. Eriksplans tunnelbanestation. Väl hemma avtecknades Moas konturer i sängen, benen insurrade i täcket. Hon andades ljudlöst med munnen öppen, som en liten glänta till sitt innersta. Han mindes plötsligt stunderna då de trängdes i mitten av dubbelsängen, men slog bort tanken, tog av sig underkläderna, släckte och somnade.

Då han vaknade hade Moa satt igång med bullret i köket. Genom persiennerna strilade morgonljuset in, formade suddiga linjer över täcket. En svag doft av nybryggt kaffe letade sig in i sovrummet och Anton stapplade sömndrucket ut i köket. Allt stod på rätt plats, kryddkvarnar, kaffebryggare, disktrasan hängde prydligt över kranen och smulorna hopsopade i en hög. På bordet var tre assietter framdukade.

Det var Moa som skötte räkningarna, bokade tvättider, planerade inköp. Hennes örnkoll lämnade inget åt slumpen, trots den ibland något vissna uppsynen. Tre assietter var illavarslande.

"God morgon, älskling! Vilken underbar morgon. Jag tycker att vi borde göra något roligt idag. Vad gott kaffet luktar", fick Anton fram då han hävde sig lätt mot bänkskivan.

Alla varningsklockor ringde. Men Moa satte sig ner och sköt ut sin stol från bordet. Hon vispade ett varv med skeden i kaffemuggen och han frös fast med handen om smörpaketet.

"Hur var kvällen igår?" Hennes tonfall fick Antons armhår att resa sig.

Anton var helt fastsurrad i sina tankar, och drog ut kökslåda efter kökslåda.

"Vad letar du efter?"

"Inget. Jo, en mugg."

"Har du inte lärt dig var muggarna finns? Din står dessutom på bordet."

"Oj! Ursäkta, jag är så otroligt bakis."

"Som sagt, jag undrade hur kvällen blev igår."

"Åh, förlåt! Jag funderade på en massa saker, om mitt skrivande och så. Jo, jag följde ju med Julia till hotellet, som jag messade igår kväll. Hon var besviken på Petter. Han blev full som vanligt. Sen sprang jag på en gammal kompis och vi stod och snackade ett bra tag. Jag hoppas verkligen inte att du tror att det är något mellan mig och Julia. Jag svär! Kan vi inte dra till Årsta idag som du ville till, Lina Wolff är ju med på seminariet där?"

För att bryta in i berättelsen ett ögonblick – om du ska luras, tänk då på följande:

- Betona inte självklarheter, som att bedyra kärleken eller att allt är som vanligt.

- Gör historien trovärdig genom att lägga in ovidkommande detaljer.

- Försök inte kompensera dåligt samvete genom att vara överdrivet omtänksam.

- Håll fast vid rutiner, så beteendet inte avslöjar ditt inre kaos.

- Ögonen dras till det som rör sig. Känner du dig observerad, gör någon avledningsrörelse, typ klia dig på armen när du ljuger.

Hur du uttrycker dig är viktigare än *vad* du säger. Anton gjorde i princip alla fel. Men övning ger färdighet.

"Självklart sticker vi till Årsta", svarade Moa och pressade stolen minimalt än längre från bordet.

Då Anton gick ut på toaletten låg gårdagens kläder i tvättkorgen, överst hans kalsonger. Han gav henne en tacksam tanke över att ha sluppit städa upp och drog en sträng tandkräm på tandborsten. Efter den morgonen ville Moa aldrig mer kyssas eller ha sex. Men de pratade inte om det, inte en enda gång. Anton pustade ut av lättnad.

Fem månader senare, efter en skrivresa till Ludvika för artiklar om turistnäringen i Värmland, möttes Anton av en lapp på golvet i hallen. Lägenheten ekade då han steg in och han såg att tavlorna och hallspegeln var borta.

Käre Anton.

Jag har tröttnat på Stockholm. Ett jobberbjudande i Borås dök plötsligt upp. Jag sa ja. Du kan ta över hyreskontraktet om du vill. Se inte detta som en dissning, snarare att jag går vidare. Vi hörs! Kram, Moa.

Kapitel 7

När Anton neråtböjd samlar ihop kloten putar hans mage ut. Det är fullt naturligt, bara arrangerade modellbilder skapar strömlinjeformade kroppar oavsett position. Fast just så reflekterar inte Petter som drar på munnen. Snarare finns det något återupprättande i åsynen: Anton har också skavanker.

Petter låter blicken vandra nedåt, några decimeter. Han vet vad som finns under sin kompis linneshorts. Anton har aldrig tagit upp det själv, till skillnad från Petter – alltid efter ett antal öl.

Vilket slöseri för porrindustrin att Anton inte ger sig tillkänna, varför ska han hålla på med det där tramsiga skrivandet? Petter för flaskan till munnen och blinkar till. Varför fokuserar jag på sådant om detta är Antons sista sommar?

Knotten envisas med att bitas på armar och i nacken och Petter flyttar sig några meter bakåt. Då han vänder sig om står Julia precis bakom. Hennes klänning påminner om den vid Lovas dop, vilket i sin tur antyder att han och Julia faktiskt har haft ett sexliv.

Petter har aldrig glömt ett visst telefonsamtal mellan Moa och Julia. Nedbäddad låg han febermatt och pendlade mellan slummer och vakenhet. Julia hade försökt få honom att äta scones, men brickan stod orörd kvar på nattduksbordet.

På den tiden kunde tjejerna babbla i evigheter. Julia fnissade plötsligt till från köket.

"Så han har en så stor? Undrar hur det skulle kännas … Nej, inte riktigt … Berätta inte detta, men den är faktiskt rätt liten …"

Petter pressade ansiktet mot kudden och blundade så hårt att det gjorde ont i det febriga ansiktet.

När Petter växte upp var han tillfreds med sin kropp, alla delar inräknade. Inte ens operationsärren efter tsunamin ruckade på tilltron till hans duglighet.

Petter hade under åren mätt sitt kön ett flertal gånger. Storleken var tre centimeter, eller möjligtvis två, under medellängden. Han funderade inte särskilt mycket på det. Men som vuxen, med surf i telefonen, öppnade sig en värld av pornografi.

Det var en djupdykning ner i naken hud och gränslös njutning. Först osynligt, sedan bit för bit, förflyttade han sig bort från sin tryggt accepterande syn på sig själv. Petter lät sig fängslas under ett galler av testosteronstinna stereotyper.

Där fanns de perfekta könen, överkåta tjejer och manlighet. Och snart, krökt över sin telefon, kunde han knappt sluta. När filmen väl stängdes av kom skuldkänslan. Julia, vad skulle hon säga? Men något än värre drog över honom, skammen över att ha en pytteliten lem. Han var ohjälpligt småkukad.

När Petter vaknade upp ur sin febriga sömn hade läpparna smaken av tårar. Men han visste inte om telefonsamtalet var en dröm. Från sängen kunde Julia skymtas i köket. Hon rörde sig rastlöst fram och tillbaka och plockade bland porslinet, som om hon behövde stilla sina skyldiga tankar.

Dagen därpå, med Lova i famnen, vandrade Petter ut i vardagsrummet. Julias telefon låg på tv-bänken och Petter tog diskret upp den och ögnade igenom samtalslistan. Men inget samtal med Moa var registrerat, vilket bara bevisade att han inte hade drömt: Julia hade röjt spåren, hon såg honom som en loser. Varför ens kämpa?

Självklart var det inte där deras problem började. Men man ser ju olika på utvecklingen genom livet.

Eftermiddagen har nu slagit över i kväll. Vinden böjer gräset lätt i backen samtidigt som en skock kajor skränar över borgens torn.

Anton ser hur de cirklar runt träden och landar oroväckande nära filten.

"Schas, era jäklar", ropar Anton och tar några raska steg mot muren. Luften fylls av vingslag. "Jag tror att de snodde chips! Kom och kolla."

Boulespelets slut kunde blivit den naturliga avrundningen på den ofrivilligt gemensamma festkvällen. Men fåglarna får dem att glömma konserten och möjligheterna att tacka för sig och lämna. Snart är sällskapet tillbaka på sina tidigare platser.

Petter lägger sig ner. Han sveper ölen och skum rinner ur mungipan, likt en jättebebis på utflykt.

"Jaha, vad ska vi då prata om? Växthuseffekten och mänsklighetens undergång?" frågar Anton och kliar sig över ena ögonbrynet.

"Vilket deprimerande ämne", protesterar Moa.

"Jag tror att mänskligheten är försvunnen härifrån innan detta århundrade är över", svarar Anton. "Antingen har vi emigrerat till Mars eller så är det good bye!"

Det blir helt tyst. Sådär tyst som efter en vits när ingen förstår poängen. Från lekplatsen på andra sidan kullen hörs plötsligt ljudet av skrikande barn.

"Ni var då inte pratsugna. Vet ni förresten att jag kan fånga min skugga?"

Antons fråga får Moa att skaka på huvudet.

"Äsch, kom igen nu", svarar Petter. "Du bara snackar."

"Kolla här."

Anton håller upp handen, böjer och rätar ut fingrarna. Alla tittar på skuggan över grästuvorna. Sakta sänker han handen till marken.

"Se där, jag har fångat den!"

"Haha, din tönt", fnyser Julia. "Du fångade ju inte den."

"Nä, utan vadå? Den är ju nu i min hand. Det trodde ni inte?"

"Du har ju faktiskt rätt, i alla fall på sätt och vis", svarar Julia med ett snett leende.

"Inget är omöjligt, hur svårt man än tror att det är. Men, jag frågar igen, varför är ni så vresiga mot varandra? Tänk på att detta är kanske sista gången vi ses."

"Snälla, säg inte så", vädjar Julia och vänder sig mot Petter som stoppar in en rejäl prilla och slickar bort öl från läpparna.

"Skitsnack, det är vad det är", muttrar Petter dovt och stirrar uttryckslöst rätt igenom Anton.

Nu när Moa inser vad hon har gjort, att ha dragit ihop det gamla paret i en naiv förhoppning om att mäkla fred, får hon en inre syn. Två slutkörda boxare som har kämpat alldeles för länge, rond efter rond i en tröstlös kamp. All ork är slut för konstruktiva lösningar, istället har kvällen öppnat upp för en ny omgång där bägge alldeles för väl känner sina och motståndarens styrkor, svagheter och knep. Petter och Julia är sammanlänkade genom Lova och ronden kommer aldrig ta slut, och nu har hon tvingat på dem handskarna igen. Och därtill en döende expojkvän.

Jag är en idiot, hinner Moa tänka innan Petter bryter sig ur tystnaden.

"Men vad fasen, är det gruppterapi eller?" Petter drar handen för munnen, torkar bort den sista strimman av öl och häver sig upp.

"Inte gruppterapi. Snarare en obduktion av det där som hade dött." Anton slår avvärjande ut med händerna.

Petter hejdar sig och sänker röstläget.

"Vi är inte arga på varandra. Eller, jo kanske lite. Hon är i alla fall."

De vrider sina huvuden mot Julia, som ofrivilligt förväntas ge sin syn på saken.

"Sen vi flyttade isär har vi inte kunnat prata. Eller snarare: Petter vill inte prata med mig."

"Du svarade ju aldrig när jag ringde!" skjuter Petter in.

Julia suckar ljudligt.

"Du bjöd inte in mig när Lova fyllde år. Hur tror du det kändes för henne?"

"För helvete! Vi bytte ju ändå dagen därpå. Ni kunde väl fira hur mycket ni ville!" ryter Petter.

"Heyheyhey, vänta!" Anton viftar med armarna. "Hör ni inte att det låter som två barn i en sandlåda? Vill ni att detta ska bli vårt sista minne? Kan ni inte istället berätta något fint om varandra? Ni kan väl ändå försöka?"

Vi trycker på pausknappen och fryser bilden. Moa, fantastisk på att sortera böcker och ett litterärt unikum, har definitivt begränsade förmågor som familjeterapeut. Hon har varit tyst rätt länge nu, och ser ut att krympa ihop till osynlighet. Varför har hon satt ihop detta galna gäng?

Den som är påläst inom teori kring konflikthantering vet att formuleringen för uppdraget är avgörande. Stackars Moa, hon hade gjort så gott som alla fel, till exempel:

- Uppdragsgivaren är själv en del av konflikten.
- Deltagarna har inte fått förbereda sig inför interventionen.
- Gemensamma mål, ramar och förväntningar saknas.

Bara en sann idealist kan dirigera sina vänner till en backe och tro att knutarna ska lösas upp genom tysk åttiotalssynt och en tillräckligt god ansats. För när drömmen möter verkligheten brukar något krossas – och det är vanligtvis inte det sistnämnda.

Moa har nu inhalerat mer luftrörsvidgande medicin än under hela sommaren. Men hon sitter i alla fall fortfarande upp.

Om hennes avsikt verkligen var att mäkla fred?

Men nu hoppar vi vidare till Petter.

På fotbollsplanen nedanför grässlänten har ett gäng killar dragit igång en match. Uppe i backen är det svårt att avgöra om det är fotboll eller en variant av rugby som utövas, men jubel och vrål hörs om vartannat. Det påminner Petter om gymnasietiden då idrotten var hans allt.

Promenaderna med Julia hade under sista gymnasieåret blivit allt längre. Hon berättade om familjen, sin kluvna inställning till pappan som både idealiserade och tryckte ner henne. Reglerna hemma tyngde: hur hon skulle hålla besticken, uttrycka sig, och bete sig.

Men värst för Julia var fördomarna som adopterad. Hennes indiska hy glänste som bärnsten. De mörka ögonen, höga kindkotorna och det mörka, raka håret gjorde henne onekligen attraktiv. Hållningen var rak och värdig, samtidigt utstrålade hon en bestämdhet som omgivningen ofta misstog med självsäkerhet.

Petters lagkamrater hade uppmärksammat hans vinstlott till flickvän. De kommenterade ofta i omklädningsrummet att Julia tålmodigt hade stått vid sidan av planen och hejade. Petter kände en stolthet över sin trofé.

Efter matcherna åkte de till Petter. Hans föräldrar välkomnade dem till sitt anspråkslösa hem, till en början försynt, men snart hade Julia en självklar plats vid bordet. Och därefter gick de upp på Petters rum. Han låste försiktigt, satte sig på sängen med darrande händer inklämda mellan knäna och fick anstränga sig för att inte flåsa. Fastfrusen i hoppet att hennes byxknapp plötsligt skulle falla av. Förgäves.

Hösten övergick i vinter, serien var avslutad och Petter satsade på innebandy och löpträning. Vid tre tillfällen var han hemma hos Julia i Sandared.

I vardagsrummet dinglade kristallkronan och på det vitlackerade långbordet blänkte fyrarmade silverljusstakar. Huset utstrålade en klasstillhörighet. Inte för att Petters familj saknade pengar, tvärtom, hans pappa drev en VVS-firma och det fanns ingen brist på något, men hans stil ... Petter gillade hoodies, slitna jeans och ägde definitivt inga välputsade skor. Luggen hängde ner i pannan och det värsta – han lät när han åt. Han lyckades enbart bli bjuden på mat vid första besöket.

Till sin förvåning titulerades Petter som "klasskamrat" av Julias föräldrar. När han skulle förklara att de inte ens gick samma program skrapade Julias fot emot hans smalben.

Pappan berättade att han hade arbetat för utrikeshandelsministern men hade tagit ett jobb inom någon verksamhet som sysslade med sjöfart och handel i Göteborg, om Petter förstod rätt. Att bo i Sandared utanför Borås var gott nog fram till pensioneringen.

När Petter var mitt i en mening om sitt fotbollsspel fick pappan telefon och lämnade bordet. Mamman passade på att hämta kaffe. Ämnet var sålunda uttömt.

Några månader senare skulle Julias pappas sextioårsdag uppmärksammas. Både Petter och Julia såg fram emot detta. En finare salong i centrum av Borås hade hyrts, väl omtalad för vinkällaren och den smakfulla rustika stilen.

Julia hade gett Petter förhållningsorder hur han skulle äta, prata och inte prata under bjudningen. Veckan innan köpte han en snyggt skuren kostym och passande sidenslips.

Han märkte dock hur Julia blev allt mer fåordig och orolig. Det var diffust, ändå så tydligt.

Tränade han för mycket? Eller handlade saken om det amerikanska universitetet som föräldrarna ville sätta henne på?

Julia grät när hon pratade om sina kaniner. En katt hade kommit in i buren och gjort processen kort med de stackars krakarna, och skoluppgifterna stressade henne. Något var annorlunda, men vad?

På festdagens morgon ringde Julia, frågade om de inte kunde ta en fika på stan.

I efterhand har minnesbilderna flutit ihop. De beställde varsin mazarin och Petter tog en cola. Julia tittade tomt ut på trafiken.

"Pappa säger att du visserligen är välkommen, men det är kanske lite tidigt att bli presenterad inför alla. En sextioårsfest är ju egentligen bara för de allra närmaste. Han tycker väldigt bra om dig, men …"

"Är jag inte välkommen, är jag inte fin nog?" flämtade Petter.

Mer än så minns han inte. Kanske bäst så.

"Okej Anton, jag har tänkt färdigt på din fråga om något positivt med Julia. En fin sak med henne är …" Hon vänder sig mot Petter. För första gången under kvällen har hennes smalnande ögon och sammanbitna linje över läpparna bytts mot något inte fullt lika stramt. Petter hör hjärtslagens dunkande i öronen och knyter ihop nävarna.

Plötsligt upptäcker han att Julia tittar på honom som för länge sedan, då han var killen på pojkrummet, eller på fotbollsplanen. Då deras blickar möts, fastnar den verbala spyan i halsen som precis är på väg upp inför allmän beskådan. Hämnden.

Istället börjar Petter darra. En plötslig lättnad tränger fram och han upptäcker sig sätta ihop ord till meningar han aldrig har låtit Julia tidigare höra.

"Om jag ska var ärlig, så kan jag i alla fall beundra Julias lojala envishet. Att hon troget står fast vid vissa människor som hon vet förminskar och ignorerar henne, vilket de har klätt ut till kärlek, men egentligen bara vill kontrollera och styra hennes liv."

Kapitel 8

Anton sträcker belåtet på halsen och petar lätt på Julias knä. "Petter, jag tänker att du får berätta mer sedan. Vad svarar du, Julia? Ett sista minne som en gåva till mig, eller oss."

Julia är snudd på i chock. Hon fattar exakt vad Petter menar om hennes familj – denna ständiga källa till förbittring. Hade han berömt hennes matlagning, framgångarna med studierna, eller hennes fortfarande välbehållna kropp hade det varit mer förväntat. Men nu säger Petter att hon är en kämpe som står ut med föräldrarna. Det är för mycket att ta in.

Hennes hud knottras. Kanske är det alkoholen som kittlar, kanske en lättnad. Känslan att äntligen bli förstådd, eller i alla fall att inte åter behöva ofrivilligt försvara dem som hon innerst inne vet älskar henne, fast på sitt självupptagna sätt.

Hon vet att kärlek är okomplicerat i Petters värld. I hans universum följer den en förutsägbar logik, där någon ger och någon får. En sorts transaktion. Och så böljar det tillbaka i motsatt riktning, gärna med ränta.

Petter har aldrig kunnat förstå hur det är att sedan barnsben se sig i spegeln och mötas av färger och ansiktsdrag som avslöjar ett ursprung från andra sidan jordklotet. Han har aldrig kunnat förstå att personerna som berättar att de är mamma och pappa egentligen inte är det, men ändå känns så. Eller all övergivenhet som ryms i berättelsen om nunnan i Madras som hittar ett nyfött flickebarn i en flätad träkorg på en bakgata. En avstjälpningsplats; där kartongbitar och skräp far för vinden över de smutsiga trottoarerna och gathundar hugger efter allt som kan stilla hungern. Men finns det någon som kan förstå?

Julia var uppvuxen i ett av Sandareds bättre områden med panoramautsikt över Viaredssjön från vardagsrummet. Ett villaområde där dubbelgarage, gasolgrill och robotgräsklippare var lika självklara som städerska, eller hemhjälp med rut-avdrag som det numera så fint heter.

Dråpslaget kom en augustikväll när hon letade efter sina kontouppgifter i kontoret på nederplan. Det var en högtidlig stund. Hon skulle ordna fram sina uppgifter som en arbetsgivare hade efterfrågat, nu när hon äntligen hade fått sitt första extrajobb.

Hon stod i det svala rummet med de blyinfattade, blurrade fönstren som bara lämnade en svag och suddig ljuskägla över tapetblommorna på väggen. Hon tog fram en pärm på måfå, men där fanns bara deklarationspapper. Nästa pärm hade en flik som gjorde ett mystiskt intryck: "IVF".

Fem minuter senare insåg hon att föräldrarna länge hade kämpat och mamman genomgått flera behandlingar för att bli gravid. Även efter adoptionen. Inte ett ord hade någonsin sagts om det.

Hon sköt ljudlöst tillbaka pärmen in i hyllan och bestämde sig för att aldrig någonsin nämna detta skamliga. Hennes liv var en lögn.

Något dyrbart gick sönder i Julia den kvällen. Samtidigt gjorde hon sina första dagar på gymnasiet, men allt var kaos. I matsalen tog hon sats mot en liten tjej och sprang in i henne, hon visste inte varför. Maten yrde och kalabaliken runt omkring fick henne att för ögonblicket omvandla den brännande smärtan till energi. Men när hon såg den ledsna tjejens ansiktsuttryck fylldes hon av ånger och de satte sig tillsammans och pratade. Moa.

Familjen var för Julia *ett komplicerat förhållande*, för att uttrycka det diplomatiskt. Pappan var enklare att hantera, för han var alltid fast, ytterst beslutsam och uttryckte höga tankar om sitt enda barn. Det var ingen idé att söka tröst i honom. Han var aldrig elak eller gapig, såvitt hon kunde minnas, han hade bara osynliga linjer. Men det hade ett pris: lojalitet. Att fråga om IVF-pärmen fanns inte på kartan.

Om Julia var tvungen att välja mellan mamman och pappan hade hon valt honom alla gånger. Visserligen var det roligare med mamman, närmre till skratt och äventyr. Men lika plötsligt kunde hon bli obegripligt sur och avvisande.

Shopping, besök i djurparken eller museum i Göteborg var mysigt i mammans sällskap. För att inte tala om helgresorna till norra Tyskland, givetvis utan att stanna vid bordershops eller lågklassiga Ullared, men utflykterna var oförglömliga minnen.

Julia hade många gånger försökt definiera pappan, eller sätta etikett på hur han kunde beskrivas, men det var i princip omöjligt. Han var en naturlig ledare. Han hade ett absolut gehör i ämnet dominans. När två killar i klassen hade mobbat henne för hudfärgen mötte han upp dem vid skolans grindar. Vad han sa fick hon aldrig höra, men ingen vågade därefter någonsin reta henne.

Tacksamheten Julia kände gentemot sin pappa snuddade mot vördnad, nästintill dyrkan. En förväntan på ett manligt ideal var född.

Och tystheten delade Petter med pappan, och hans ombytlighet påminde om mamman. Kanske var det inte så konstigt att hon föll för honom. Fast, minnet är som ett bleknande fotografi, tänkte hon. Bara de skarpaste konturerna och starkaste färgerna består med tiden.

En bit ifrån sitter Petter med en tom ölburk i handen. Julia har så många gånger varit med om hur alkoholen har förvridit humöret eller skapat konflikter. Det gör ont att han fortfarande inte har lärt sig.

Tänk om han hade varit nykter, då hade så mycket blivit annorlunda. Ölburken dinglar i Petters handgrepp som ett påminnande hån och Antons fråga har placerat henne i ett skruvstäd.

"Jo …", Julia harklar sig tyst, böjer nacken och visualiserar den unge Petter som hon en gång lärde att älska. "Jag tycker om att du ändå har kämpat. För jag vet att jag är svår, min familj är svår, att vara förälder är svårt, att olyckan i Thailand märkte dig. Ja, det är svårt att leva, men aldrig har du egentligen klagat. Inte ett ord …" Hon formar slutet på meningen ljudlöst med läpparna, vet att Petter anar fortsättningen: "… när du var nykter."

Alla tittar på Petter. Hans tunga sväljning hörs alltför väl.

Kapitel 9

Vid horisonten breder molnstrimmor ut sig i en tunn slöja för solen. Den kvava eftermiddagsluften har blivit alltmer uttunnad. En plötsligt tyngd vilar mellan blickarna, som blir allt mer påtaglig i högtalarens obekväma tystnad. De vet att detta är slutet på tiden som de har känt den.

Från centrum väsnas utryckningsfordon som skär hål på det sköra lugnet, kastar Julia in i vad hon precis har sagt. Det var utelämnande, som att hon tog av ett plagg för mycket. Blottat något allt för intimt. Bäst att rikta uppmärksamheten mot grannen. Hon vänder sig till Moa.

"Nu kan vi väl låta Anton få höra något fint. Om någon kväll, så borde denna ändå vara lämplig. Moa, hur uppfattade du *er* relation?" utbrister Julia med en ivrig behärskning.

Tonläget i frågan är svårtolkat och Moa vrider på sig. På parkeringsplatsen står två bajamajor, ett plötsligt tryck inifrån uppstår.

"Självklart, men jag behöver gå på toa. Stanna ni kvar", skämtar Moa torrt och häver sig upp på sina stapplande ben.

På väg nedför trappan hör hon småpratet allt svagare. Anton nämner något om läkare, yrseln, undersökningarna, Moa skyndar vidare. Nere i skuggsidan på parkeringen vänder hon sig om. Gänget är solbelyst i grönskan, på avstånd så idylliskt.

Som hämtade från en klassisk tavla, var det förresten Renoir eller Monet som målade den där berömda sekelskiftesutflykten? tänker Moa. Men Anton förresten, han ser knappast döende ut.

Hon slår bort impulsen, fortsätter ut på gatan och känner hur hälen skaver i skon. Tankarna snurrar runt.

Ett försök att medla mellan Julia och Petter, så patetiskt av mig. Varför gjorde jag ens det här? Och Anton, den pladdrande och socialt inkontinenta ynkryggen, han är döende. Vad ska jag säga?

Moa kläms av en overklighetskänsla, att bli bestulen på möjligheten att göra upp. Allt måste ske här och nu. Men hur? Och vad kan jag säga?

Så många gånger Moa har grubblat: förlåta eller konfrontera? Bägge alternativ är hisnande, bägge har sitt pris.

Alla ögonblick då Moa har visualiserat hur sanningen skulle fram, men alltid har hon ryggat tillbaka, fumlat i sin tvekan.

Anton. Hennes livs kärlek. Hennes livs besvikelse.

Längs med pannan tränger pärlor av svett fram. Moa stannar några sekunder och tar stöd mot en grön container. Plåten är fortfarande solvarm.

Jag måste öva på vad jag ska säga. Hon blundar och hör sig plötsligt påbörja sin kommande beskrivning av Anton.

"Anton. Du tror att du var först. Jag hade många innan dig. Som Juha i parallellklassen i åttan som lyssnade på Marilyn Manson, Nine Inch Nails och Slipknot. Han var först. Och nästan lika värdelös som du i sängen", viskar Moa.

"Nummer två, Jonas, som ville att jag skulle titta på när han spelade CS. Jag dumpade honom under en CS-match då jag utan ett ord lämnade rummet och traskade de fyra gatorna hemåt. Han var lika självupptagen som du, kunde också bara prata om sig själv. Fast han hade inte ditt ordförråd och klarade inte lika många varianter av meningar som började med ordet *jag*."

Moa slår upp ögonen och tittar sig omkring. Ingen i närheten. Hon fortsätter mot bajamajan.

"Filip hängde jag med under sommaren innan gymnasiet, han väckte något som jag föreställde mig var kärlek. Vi stod och huttrade på Knallelandsparkeringen tillsammans med gamla högstadiegänget.

När nätterna kom tidigare och luften blev råare under den stjärnströdda sommarhimlen höll han mig nära, svepte in mig i sin jacka. Filip viskade allt jag ville höra och till slut gick jag med på att sova hos honom", mumlar Moa och minns känslan av hans kropp.

Nä, detta kan jag ju inte berätta, tänker hon, nu framför dassets dörr.

Moa tittar upp mot vattentornet. Anton står upp.

Det ser ut som att han jonglerar med boulekloten. Eller? Nu tar han ut svängarna när jag är borta! Jag måste säga något uppriktigt till Anton.

"Det finns en likhet mellan dig och Filip", utbrister Moa. "Sista kvällen på sommarlovet åkte vi till klippbadet Svarthall med tiometerssprånget. Filip tog sats, men tvärnitade framför kanten. Nödbromsningen fick smågrus att stänka ner i avgrunden och han upptäckte plötsligt den vackra vyn, kommenterade den, han ville aldrig sluta prata. Till slut tröttnade jag och slängde mig ut. Generöst nog klättrade han ner för branten och mötte med handduk och badtofflor efter att jag hade simmat runt.

Därefter klagade han på ryggvärk, och vi kunde inte träffas. Sen behövde han visst en paus, för 'det kändes inte rätt'. Ni är kanske släkt, Anton? Fegheten har ni i alla fall gemensamt."

Moa drar in ett andetag innan hon rycker upp bajamajans plastiga dörr och stänger efter sig. Det oglamorösa lilla utrymmet är tacksamt nog insvept i ett halvdunkel. Genom takventilen letar sig en ljusstrimma in. Då hon fäller upp locket och känner hur låren möter den kalla plastringen är det omöjligt att inte blunda hårt.

Äh, jag kan ju inte prata om mina exkillar. Det låter ju bara dumt.

"Och sen Anton, vet du vad?" viskar Moa. "Filip snackade skit bakom min rygg. Han ljög om att jag hade varit otrogen. Skitsnackare ska aldrig få sista ordet. Hör du det?!"

Moas fingrar darrar.

"Sen, på gymnasiet, då kom du Anton. Jag minns hur jag klottrade i mitt block om dig: *rolig, snygg, kul på scenen, luktar gott, trogen sort, djup.* Herregud, hur tänkte jag? Bara en förälskad tonåring kan göra en sådan analys!" fnyser Moa. "Du var populär, eller åtminstone *omtalad* i korridorerna. Älskade uppmärksamheten genom teatern, både på scenen och utanför, syntes i kafeterian med tjejer omkring och hade utläggningar om David Bowie."

Moa knäpper sina händer och sänker huvudet.

"Visste du att folk *snackade* om dig, Anton?" utbrister hon. Att du var kufisk eller dryg, att din farsa spelade i Vikingarna, eller möjligtvis Sven Ingvars, att du hade en enorm utrustning mellan benen. Få saker gjorde mig mer irriterad än skitsnack. Men jag försvarade alltid dig. Under sista vårterminen hade vi huvudrollerna i den där improvisationsteatern. Vi fick mer tid än behövligt mellan repetitionerna. Jag tänkte att ..."

Plötsligt hörs steg mot asfalten. Moa stelnar, vågar inte andas ut.

Snart försvinner ljudet och Moa slås av den unkna luften, som hon blir medveten om att hon befinner sig en meter ovanför ett träsk av avföring.

Hon gör sig färdig och rycker upp dörren. Ljuset är skarpt men luften är mycket behagligare. När Moa kommer till containern ser hon gänget igen. Anton sitter i mitten, framåtlutad med huvudet mot knäna.

Han verkar gråta. Jag kanske inte ska vara så hård mot honom?

Bilden av Anton i en kista får Moa att stanna upp.

"Okej Anton, jag ska berätta att vi faktiskt hade ett gemensamt intresse för litteratur, samhällsfrågor och brittiska komiker. Jag gillade ju Sasha Baron Cohen och Sarah Millican medan du var förlorad i Tommy Cooper och den där buskisaktiga Benny Hill.

Vi halvlåg i logen och småpratade ofta i varsin pösig plyschfåtölj, mystiskt färglagda i det dunkla ljuset från skrivbordslampan. Rummet var dammigt och ostädat, några torftigt gömda vinflaskor putade ur en hurts och det luktade, på ren svenska, för jävligt där inne."

Moa ler, för första gången på länge.

"En tidig kväll ville du *prata förtroligt* med mig", fortsätter hon. "Men så blev du bara tyst, som att tankarna la munkavle över dig. Ville du berätta något hemligt, en kärleksförklaring? Eller handlade det om scenskräcken som kunde anas i dina flackande ögon?

Jag vågade aldrig fråga vad du ville berätta, och den outtalade meningen sjönk ner i glömskan. Kanske är allt bara ett grumligt och tillrättalagt minne?"

Ett obehag sköljer över Moa. Hon kastas tillbaka in i gymnasiekärlekens skärningspunkt – hans gåtfulla beteende och hennes försök att visa intresse. Hon ser framför sig dagen då hon gick till cafeterian och köpte tio kanelbullar och la dem på golvet i formen av ett hjärta framför Antons skåp. Hon visste egentligen inte varför, hon ville bara göra det.

Nej, jag kan inte prata om kärlek, det känns fruktansvärt, tänker Moa. De andra nämnde något om familj och uppväxten. Är det en diplomatisk start innan jag tar bladet från munnen?

"Anton vi började *hänga,* som det kallades, och följde med varandra hem. Dina syskon var sedan länge utflugna. Du bjöd sällan hem mig, men väl där spelade vi Uno, kollade på tv eller kallpratade i den brunrutiga soffan. Det inklämda radhuset kändes kyligt, där det vette mot en skogsdunge intill Viskan och från fönstret syntes Rya åsar, vars grantoppar längst upp reste sig mäktigt mot himlen.

Din brittiska mamma satt ofta böjd över pianot, men hennes improvisationer gick i moll, fyllde vardagsrummet med melankoli. Det var enformiga upprepningar, efter hand lärde jag mig hur melodierna skulle fortsätta. Ibland avbröts pianospelet av djupa suckar och en ekande tystnad. Och huset var överbelamrat av prylar. Inget verkade få slängas. Jag visste inte hur man skulle bete sig, och låtsades som inget."

Moa märker hur minnena smittar. Genom henne löper en rysning, en rinnande ilning som letar sig ner i tårna. Vad fan ska jag säga? tänker hon. Allt känns fel. Jag måste förbereda något positivare.

"Anton, du var en livfull pratkvarn som glänste i korridorerna men förvandlades till motsatsen då du kom hem. När du väl pratade blev det ofta forcerat och när din mamma kom i närheten ville du alltid visa något på din nya Iphone, det kunde i princip vara vad som helst.

Du var en gentleman, mån om att jag skulle trivas i ditt sällskap. Höll om mig, masserade min nacke och mina axlar och drog din näsa genom mitt hår. Ljudet av dina andetag i mina öron var eviga. Känslan av din slätrakade kind, Hugo Boss-parfymen och smaken av dina läppar. Vi kysstes, blundade, våra kroppar formades efter varandras linjer när vi stod på Södra torget och lät buss efter buss passera och ingen ville åka hem till sitt."

Moa rör sig nu över parkeringen. Stegen är dröjande och i förgrunden reser sig vattentornet. Synen får minnesbilderna att klarna något.

Var vi ens ett par? Jag levde – för att i nästa sekund känna hur du släppte taget i panik. Efter Filip ville jag ha trygghet i en kille som tog det lugnt. Men du gjorde mig så osäker.

I skolan skämtade du och det var svårt att få ihop bilderna. Plötsligt skulle du lämna Borås. Inte ett ord om oss. Min enorma besvikelse la en förlamande hand, men det var ändå befriande att veta att det inte skulle bli något. Du sände ju så besynnerliga signaler, tänker Moa och tar steg efter steg uppför trappan. Mumlandet från vännernas röster blir allt tydligare.

Det sista blir lagom försonande och bra, tänker Moa. Så ska jag säga. Han är ju svårt sjuk.

Hon märker av spänningen i halsen, hur känslorna har dragit fram likt en rasp då minnena har uttalats.

Moa har nu kommit fram och sätter sig på filten. Anton ser självupptaget förväntansfull ut, med händerna knäppta bakom nacken.

Hans utstrålning blåser bort Moas vackra formuleringar och försonande ton som damm i vinden.

Men vad fa-an? tänker hon och knyter ihop näven.

"Berätta nu för oss", utbrister Julia med ett leende.

"Hmm. Ja, jag rotade lite i minnet. Jag minns att Anton var en väldigt bra skådespelare. Mycket bättre än jag. Han borde fullföljt sina teaterambitioner, för han är en *fantastisk skådespelare.*"

De sista orden betonas så att ingen kan undgå att skruva på sig.

Kapitel 10

"Jaha, då är det väl min tur", fyller Anton snabbt i. "Ni får ursäkta, men jag är lite onykter. Jag måste bara samla mig lite."

Den sista darrande skärvan av solen glider ner bortom Rya åsar och ansiktena tycks mjukas upp i allt oskarpare konturer. Kvällen är fortfarande ovanligt varm, en oskuldsfullt förlåtande hetta.

Stunden på filten har satt sina spår i Antons lätt krökta rygg och han rätar på sig. Han tittar hastigt på Moa, vet att hennes knivskarpa uppmärksamhet registrerar. Trots att det är han som startade frågeleken har munnen fyllts med en torrlagd tvekan.

Att prata om visioner och väva hopp har varit något av hans paradgren. Tvålförsäljartyp, drömmare, romantiker, författarskalle. Epiteten är många. Men också de andra orden: hycklare, loser, lycksökare, virrpanna, pajas.

Vad säger en döende person till sin gamla flickvän? Hur kan ett liv och två vänskaper summeras?

Det hugger till i Antons bröst.

En vindpust får det att susa till i hans öron likt en viskning. Den stora lönnens grenar böjer sig långsamt över dem.

I början av deras bekantskap misstolkade han Moa som de flesta i hennes närhet, att hennes tillbakadragenhet betydde avsaknad av reflektioner. Först som vuxen förstod han. Och ju mer hon visste om honom desto mindre fick han ur sig.

Hon var den lilla tjejen som hans klasskompisar skämtade om, att Moa hade tagit rollen som den bortkollrade tönten som sprang andras ärenden. Fast hon var ingen aningslös springflicka. En integritet bubblade under ytan.

Bilder på Moa från teatern flimrar förbi.

"Minns du vår knäppa improvisationsteaterföreställning?" säger Anton plötsligt.

Moa höjer på ögonbrynen innan hon svarar.

"Du hade en fallenhet för agerandet. Den snudd på minimalistiska framtoningen gjorde dina förändringar i röstläge eller mimik än mer framträdande. I scenljuset förvandlades den gulliga Moa till i princip vem som helst. Du hade inga problem med att svära och skrika könsord inför publik, medan du off stage aldrig skulle. Ingen var lika naturlig i all oborstad lekfullhet som du i teaterkläder. Du är lite av en dubbelnatur."

Anton slår ut händerna i luften.

Moa sitter blickstilla, till synes fastfrusen. Petter och Julia följer intensivt Antons gestikulerande.

Anton minns att ju längre tid de dejtade – eller vad det nu kunde kallas – under gymnasiet, desto mindre tycktes hon avslöja om sig själv.

"Kommer du ihåg alla promenader från stan hem till mig på Sjöbo, inte sällan under ett paraply i ihållande regn? Då ljudet av sulornas plaskande genom pölarna skapade en snudd på komisk inramning. Vi fastnade i en klunga av poliser på hästar utanför arenan, hörde vrålen från Elfsborgsklacken då de kom uppför sista gatan på väg mot huset. Vi flamsade och drev med oss själva, men bakom dina pliriga ögon anades en reservation", konstaterar Anton.

"Jaså? Tänk om det var du som var reserverad? invänder Julia. "Och vad har det med teater att göra?"

"Jag tänker att du, Moa, var som en nektarin. Underbar, mjuk och tilldragande i sitt yttre, men inuti fanns en hård, kompromisslös kärna. Visserligen: du har nog aldrig uttryckt kärlek, men heller aldrig varit taskig och knappt ens höjt rösten. Du ifrågasätter aldrig, det kunde betyda en acceptans, men efterhand framstod det snarare som en blindhet. Någon som höll världen på en armlängds avstånd. En person som till exempel inte kunde förstå hur det var att ha en manodepressiv mamma böjd över pianot. Som jag hade."

"Sluta nu, Anton", morrar Julia. "Du sitter ju och förolämpar henne. Hur tänker du egentligen?"

"Vänta, jag kommer snart till poängen."

"Har du någonsin hittat din poäng?" viskar Moa men blir avbruten.

"Hemma hos dig Moa var det alltid livligt. Din plastmamma och pappa hade stora idéer om tillvaron, vilka som konspirerade och vad som man borde akta sig för. Under en pratstund på altanen fick jag veta hela listan. Det var kineser, ryssar, judar, araber, storbanker, mobilmaster, vaccinationer och pedofilringar. Vi skulle vara beredda på smittor, krig, naturkatastrofer och kärnkraftsolyckor. När jag frågade din pappa vad som är värst; feminister, bögar eller mainstream media möttes jag av ett mullrande skratt: 'Värst av allt är kossan Christina jag en gång var gift med.'

Jag minns att jag inte vågade titta åt ditt håll. Jag kunde höra hur du svalde tungt, och kände hur den rodnande tystnaden bredde ut sig. Aldrig hade du berättat om din familj, nu förstod jag varför. Samtidigt var den på ytan helt normal. Häcken var välskött, huset rigoröst städat, hunden viftade glatt på svansen och bilarna på uppfarten vittnade om en välfylld plånbok", summerar Anton.

"Så uppfattade jag inte alls det hemma hos Moa", skjuter Julia in och lägger handen över Moas darrande fingrar. "Dina föräldrar var ju jättetrevliga."

"Varför snackar du skit om min familj?" väser Moa.

"Vänta. I dig fanns min jämlike i utanförskapet. Jag visste att du såg igenom din pappas inkräkta världsbild men förmådde inte göra motstånd. Jag visste att du skämdes över familjen, men det var ett hukat uppror, som att ställa sig i en mörk skog om natten och vråla ut sina hemligheter utan att någon hör. Du ville inte vara en del av alla alternativa idéer, din revolt blev att spela så ordinär som möjligt. Aldrig hålla med, men aldrig ifrågasätta. Trots att du fattar så mycket mer än du visar."

I Moas ögonvrå glänser något fuktigt till.

Anton stänger av musiken, trots att den redan är på mer än en samtalsvänlig nivå.

"Jo, Moa, nu vet jag. Du är den snällaste människa jag någonsin har mött och det finns ingen som läser mig bättre än du. Det finns ingen som vet mer om mig än du gör. Och det skrämmer mig. Du vet varför jag plötsligt stack till London."

I samma stund inser Anton att alkoholen har fått honom att åter prata för mycket.

Kapitel 11

Tre rundlagda män passerar uppför trappan och stannar på en av avsatserna halvvägs. En bär en gitarr under armen. Strax bakom följer ivrigt gestikulerande kvinnor. Stegen är lätta, som befriade från ungdomens illusioner om hägrande lyckliga liv. Kanske satt de här för trettio år sedan under samma träd – säkert då något mindre i omfång – lirade och sjöng om kärlek?

Julia följer dem tills de försvinner ur synfältet. Att se andras lycka kan vara inspirerande, men förvandlas till en rå påminnelse om den egna tillvaron.

De gamla skulle ju vara tyngda efter åratal av misslyckanden. Inte tvärtom.

Hon tar ytterligare några klunkar för att skölja bort det klibbiga obehaget. Intill ligger Moa på rygg och stirrar rakt upp i himlen. Antons obegripliga utläggning tycks ha kramat den sista energin ur henne.

"Jaha, då har vi haft vår lilla halleluja-stund. Vi tycker visst väldigt mycket om varandra, eller hur?" utbrister Julia och petar sig i ögonvrån.

Hennes syrlighet passerar inte obemärkt förbi. Den nyss avväpnande stämningen skingras fortare än hon själv hade önskat.

"Men du, nu ska vi väl inte förstöra den här varma kvällen. Tänk på att jag ..." Anton avbryter sig med en djup suck.

"Ursäkta, men du pratar för mycket. Det snurrar i mitt huvud. Och det är nog inte bara på grund av vinet. Ska vi gå mot stan nu?" Julia drar handen över pannan.

"Äntligen! Jag börjar bli hungrig. Det vore inte fel med lite kanon-mat", svarar Petter och drar på ena mungipan.

I Moas ansikte drar ett stråk av oro förbi. De sträcker på sig och reser sig upp. Petter fångar in några lågt hängande björkgrenar och rycker av några löv. Filten hamnar i Antons väska och Julia tar stöd mot muren. Hennes ben är vingliga och hon tar ett kliv framåt och griper tag i Moas arm. Julia blåser ut en dunst av vin i Moas ansikte, som svarar med en grimas och kliver åt sidan. I samma ögonblick faller Julia ner i gräset och landar på en av Petters ölburkar.

"Aj, vad fan ..." Julia sträcker sig efter Moas hand för att komma upp, men är för baktung och drar med sig henne ner i fallet.

Gräset kittlar Julia i pannan där hon ligger som en hjälplös insekt under den allt mörkare himlen. Petter skakar på huvudet. Hans före detta frus umgänge med alkoholen får honom rodna, och ser samtidigt en man i mörk tröja som sitter på en bänk under ett syrénbuskage längre ner. Mannen böjer nacken mot det blåvita ljuset från en mobilskärm. Julia flämtar, men brister ut i skratt.

"Moa, varför bjöd du in till den här skitkvällen? Nu vill jag verkligen veta. Och vad gör den där så kallade mannen här?" Julia slänger upp armen i luften och pekar mot Petter, men armen faller orkeslöst ner över Moas rygg. Petter svarar inte. Den vinindränkta provokationen ger avsedd reaktion. Dock inte från förväntat håll.

"Ta bort armen! Vill du verkligen veta? Då ska jag berätta för dig där du ligger i gräset." Moa kryper en halvmeter bakåt och blänger mot Julia. Hon fortsätter till muren, till ungefär samma gräsfläck där Julia nyss startade sin vinglande framfart.

"Jag har inte bjudit in för att umgås med er", väser Moa. "Jag har kommit hit för Lova, min guddotter. För hennes skull. Bara för henne."

När man är fylld av explosiva tankar, är de ibland för trögflytande och tunga för att kunna omvandlas till ord. Det behövs en gnista, möjligtvis en oavsiktlig från oväntat håll, men Julia har precis puttat Moa över den gränsen. Om Antons utläggning var en knock out så blir Julia den iskalla vattenhinken som ger energin tillbaka. En minut tidigare tänkte Moa vandra därifrån.

Det är intressant vad fel ord i fel ordning kan göra.

En bilstrålkastare sveper en ljuskägla över en husvägg då den vänder på parkeringsplatsen. Allt så stilla, allt så normalt. Och så kunde det förblivit, men skillnaden stavas M-o-a. Något knivskarpt far genom luften. Sinnena skärps.

"Vad menar du? Du borde inte dricka mer, Moa", utbrister Petter som har backat några steg. Han kramar om en björkstam, som gömd i skottsäkert läge. Rösten är svag. Inte så konstigt med tanke på hans samvete. Han petar in en ordentlig prilla och trycker ner dosan med darrande fingrar i fickan.

Petter vet, snart kommer domen. Tidigare under dagen påmindes han.

Klockan elva fikade Petter och Lova med hans föräldrar på kedjehusets träaltan. De satt med fötterna i gräset och varsin mugg kaffe. Med ryggarna mot altaningången blickade de ut över den lilla tomten, avgränsad genom en cotoneasterhäck. Enstaka passerande bilar från Trandaredsgatan bröt igenom högsommarlugnet.

Altanen pryddes av blomkrukor i keramik med uttorkade rester av mammans planterade blommor. I hörnet mot grannen var fyra plaststolar staplade på varandra, med en hinna av smolk över de vita armstöden och sitsarna.

Lova placerade saften och kakorna i gräset, plaskade i en plastpool under ett päronträd och spjärnade fötterna mot den andra sidan då hon sträckte ut tårna. Vattnet omslöt henne upp till naveln, och solvarma droppar gled nedför lockarna och letade sig vidare ner mot den turkosa baddräkten. Gosedjuren fick också vara med. Hon var mycket noga med att dela ut rättvist. Hästis, Kicki katt och Ingrid isbjörn. Med jämna mellanrum kommenderades Petter att förse djuren med digestivekex, knäckebröd, bullar och saft.

"Är det imorgon du och Lova ska till stugan?" Pappan hade redan avhandlat ämnet och fick ett kvävt leende till svar.

"Ja, så är det fortfarande. Jag tänkte att vi kunde inviga bastun nere vid sjön för säsongen. Det kan bli fint att ta en stund där när kvällen är sval. Eller vad säger du, Lova?"

Hon slog upp huvudet med ett ryck, förlorad i sin värld med gosedjursmatning.

"Vad sa du pappa?"

"Äsch, det var inget. Vi ska basta imorgon, det blir väl bra?"

Lova återgick till leken som om hon inget hört.

"Glöm då bara inte att åka förbi oss och ta med ved."

"Nä, till och med jag vet att man behöver något för att elda, haha."

"Jag menar bara att veden till spisen i stugan är slut. Var försiktiga vid vattnet. Du vet riskerna och så."

"Okej, bra att veta. Jag ska anteckna strax."

I pappans fråga krälade en undertext som alla visste, men ingen högt kunde läsa ut: Oron över deras älskade Petter.

"Jag ska bara gå in och hämta en extra påtår", sa mamman och grimaserade illa. Hon tog sig för ena knäet och ställde sig upp.

"Behöver du hjälp, mamma?" Men hon skakade på huvudet och Petter såg hennes rygg försvinna in i genom ingången.

Far och son satt kvar, sammanbitna, likt två budgivare som väntade in varandra.

"Det är något hiskeligt vad elen har blivit dyr nuförtiden", noterade pappan.

Petter ryckte på axlarna och lyfte kaffemuggen till munnen.

"Tror du Lova har badat klart?" frågade pappan. Flickan sträckte ut sig över kanten så att vatten skvalpade ut.

"Vet inte, fråga henne."

"Lova, vill du gå upp nu? Vi kan ta oss till lekplatsen efter att han har åkt iväg till sin fest", förtydligade pappan som för att sockra erbjudandet.

"Jag vill ha min handduk."

"Man frågar snällt, Lova. Du vet vad vi har sagt om det", mumlade Petter som tog ett litet språng upp och gick in i huset.

En mängd intryck forsade genom honom på väg in i tvättstugan. Att vara vuxen men ändå sina föräldrars barn var svårt att kombinera. Där rymdes en tacksamhet över all hjälp, men stödet vingklippte handlingsutrymmet som en självständig individ. För när striden i äktenskapet var över kom de osorterade känslorna fram. Orkeslösheten och smärtan. Det var allt som återstod när åren rullade som en film under sömnlösa nätter och äktenskapet hade fått all kraft att sina.

Dessutom: Sedan skilsmässan hade stämningsläget förändrats. De senaste månaderna hade föräldrarnas engagemang i Lova passerat de flesta gränser. De insisterade på att skjutsa henne till och från Julia vid byten, ge mellanmål efter skolan eller att ta med henne till stugan. Petter var en pappa förpassad till en parentes. Vänlighet kan göra människor överflödiga. Men han orkade inte protestera. Och varför skulle han, egentligen?

De är så uppenbart oroliga, grubblade Petter då han gick förbi det stökiga köket på väg mot badrummet. Mamman, vänd från honom stod på tårna och tittade in i skåpen ovanför kylskåpet och frysen. Flera kökslådor var utdragna på trekvart. Det var uppenbart vad hon letade efter.

Petter skyndade ljudlöst vidare, hämtade handduken och var snart hos Lova som plaskade i det solglittrande vattnet.

De vet inget än, men snart ska jag berätta, tänkte han.

Kapitel 12

Det är något så överrumplande med Moas utfall. I den allt tätnande kvällen får orden en större skärpa. Anton kramar om telefonen, djupt nedgrävd i fickan och Moa ställer sig mitt emellan Petter och Julia.

"Mina föräldrar är skilda. De hatade varandra", konstaterar Moa.

Julia vrider huvudet mot henne.

"Kan du inte släppa din pappa någon gång?" viskar Julia med halvt slutna ögon.

"Jo, det kan jag. Men jag blir så uti helvete arg när jag ser att ni två gör samma sak." Moas röst går upp några tonsteg.

"Lugna ner dig", skjuter Petter in. "Vi tar väl hand om Lova. Jag fattar inte vad du pratar om."

"Du håller truten, Petter", väser Moa. "För jag vet nog. Jag har hört minst hundra gånger från Julia att du var otrogen. Jag vet allt om färgen på lakanen där ni hade sovit, var hon bor, vad hon heter. Jag vet exakt hur Julia kom hem från affären med händerna fulla med påsar. Hur du hade suttit vid datorn och chatten råkade vara öppen. Och jag tycker att det är för jävligt att du bedrog henne och slog sönder en familj."

Allt, förutom Moa är blickstilla, fastfruset i hennes vrede.

"Du ska inte lägga dig i vårt privatliv", fräser Petter.

"Att lägga sig i är att bry sig. Jag bjöd hit er för jag ville att ni skulle växa upp, ge er chansen att skapa något för er dotters skull innan det är för sent. Jag är hennes gudmor! Ni behöver inte bli ihop igen, men tro mig, jag vet fan vad det innebär med föräldrar som hatar varandra. Ni pratar ju inte ens. Skäms på er!"

"Men vad fan, Moa ...", utbrister Julia, som nu låter spik-nykter. "Du ska inte lägga dig i vår relation."

"Jo, det ska jag! För jag hatar verkligen lögnare och ego-trippare."

"Japp, som Petter", påpekar Julia.

"Nä, jag tänker på dig! Du är så noga med att man ska vara trogen och Gud och blablabla. Och så vet jag att du har knullat med Anton. Så du kan sluta hata Petter och istället börja ta hand om ditt barn utan att slänga skit på honom så fort du kan!"

Alla vänder sig mot Anton. Han ser ut som ett rödblossande frågetecken.

"Julia? Jag har aldrig rört ..." Längre kommer han inte förrän Julia börjar vråla.

"Moa, nu håller du käft, din idiot. Det här var sista gången vi träffades. Jag är så otroligt trött på dig och dina sinnessjuka tankar. Jag behöver inte ens försvara mig! Det är under min värdighet, för jag och Anton vet att du ljuger" Julia sätter sig på huk, en aning vingligt och slänger ner sin halvtomma vinflaska i väskan. En rännil rödvin rinner från dragkedjan och utmed tyget.

"Och varför var det en spermafläck i Antons kalsonger efter att han hade varit uppe hos dig på hotellrummet när ni besökte oss i Stockholm? Är inte det jävligt konstigt? Det kanske du Anton kan svara på, jag har undrat väldigt länge."

"Har ni varit med varandra? Bakom min rygg?" morrar Petter och smäller till med handen i björkstammen.

"Det kan du svara på, Anton. Du utnämnde ju mig nyss till världens snällaste persika med en stenhård mitt eller vad fan du kallade mig, och som aldrig säger vad jag tycker. Min tystnad kan du ompröva. Nu har dina tänder nått fram till den hårda kärnan!"

"Nä, jag svär. Jag har aldrig rört Julia. Snälla, ni måste tro mig" svarar Anton och ger ett vädjande ögonkast till Petter.

"Anton, du är bara en jävla estradör, en pajas som lever för att improvisera, hitta på saker och snacka", väser Moa. "Om det är någon här som är bra på ljuga så vinner du första pris. Förlåt, det är fel att ta upp det här när du är döende, men Julias skitsnack är bara för mycket. Jag har förlåtit din otrohet, men jag säger detta för att Julia ska sluta snacka skit om Petter. För hon är inte ett dugg bättre."

"Vad har ni gjort?" flämtar Petter. "Om detta är sista gången vi ses så är du skyldig mig sanningen, Anton!"

Anton harklar sig, biter ihop käkarna. I handflatorna tränger svetten fram. Han balanserar på en skör tråd mellan två avgrunder och ser de sista tio åren passera förbi.

"Du måste lita på mig, Petter. Jag har aldrig rört Julia. Och det där med kalsongerna vet jag inte vad hon pratar om. Jag svär!"

"Det syns ju att du ljuger, du är ju knallröd i ansiktet", svarar Petter.

"Och dina ögon far ju fram och tillbaka som pingisbollar. Hittar du ingenstans där du kan gömma blicken?" fyller Moa i.

"Säg sanningen, Julia", morrar Petter och vänder sig mot henne. "Varför skulle Moa ljuga? Fy fan, jag vet att vissa saker var illa i äktenskapet, men inte konstigt om allt skiter sig när du har sex med polare. Du ville väl ha hans jättekuk?"

"Jag har aldrig rört Anton! Och hans kön är det första du tänker på? Du är ju helt tappad i Viskan", svarar Julia.

"Men snälla, ni måste tro mig! Jag upplever kanske mitt livs värsta kväll", ropar Anton, med en puls som bankar genom ådrorna likt hammarslag.

Det drar en iskall vind genom Petter. Märkligt nog inte om svek och osanningar, eller hur Julias uselhet nu offentligt avhandlas. Istället viskar den något om hans farhågor: Tjejer vill inte ha småkukade killar. Hans värdelöshet är härmed bevisad. Givetvis valde hon Anton!

Ett kyligt lugn infinner sig, beviset på att han hade rätt. Men i nästa andetag är tillfredsställelsen över smartheten utbytt mot all smärta insikten ger.

Dessutom, Anton sa ordet *uppleva*, vilket väcker ett minne i Petter som han helst vill glömma.

Efter åratal av tomgång i äktenskapet hade till slut Julia och Petter kommit fram till att samtalsstöd behövdes. Eftersom Julia redan hade en kontakt hos kyrkans samtalsmottagning, vände sig Petter till en privat psykolog som skulle hjälpa honom att kommunicera. Det hade blivit fem individuella samtal, därefter var det dags att sätta sig i vardagsrumssoffan och summera insikterna de hade omfamnat.

Vi zoomar ut en aning. Sanningen var att Petters engagemang enbart fanns för att blidka Julia. Själv tyckte han att hjälp inte behövdes, ungefär som nittio procent av alla män i krisande äktenskap.

I Petters ficka låg ändå terapeutens tips nedpunktade så som han hade memorerat dem. En manual för att verka normal.

- *Lyssna och upprepa det hon säger och säg inte emot!*
- *Säg i jag-termer hur jag upplever istället för att säga hur Julia är.*
- *Lyssna istället för att ge råd och var diplomatisk.*
- *Använd kroppsspråket som en del i kommunikationen.*

Så långt, så bra. Det var bara ett litet problem, Petters nervositet. Efter för många *upplevelser* av bottenkontakt i äktenskapet var det inte konstigt att han tvivlade på sin förmåga. Och nervositet får även den bäste att tappa bort sig.

Nog ältat. Över till vardagsrumssoffan nu.

Det sprakade i brasan framför vardagsrumssoffan och elden kastade kaskader av gnistor över mässingsplåten framför eldstaden. Julia tycktes fyllas av ett lugn, det var ett avslappnande förebud. Lova sov djupt. Hon hade strategiskt nattats i deras dubbelsäng, allt för att garantera en lugn och barnfri pratstund.

Julia och Petter hade soffans armstöd mot ryggarna där de satt mitt emot varandra. De tryckte sina fotsulor mot den andres, som de en gång i tiden brukade göra. Ett vårregn smattrade mot fönstret. De kunde skymta de kala grenarna från eken som sträckte sig mot den fortfarande ljusa kvällshimlen. Brasans sömniga ljus dansade över deras ansikten.

"Vad skönt, nu verkar Lova sova", inledde Julia, och buffade lätt med stortån mot Petters fotvalv.

"Precis, det är skönt."

"Hon har ju varit lite orolig om nätterna senaste tiden, hoppas inte hon ... har känt av något."

Petter skruvade på sig.

"Nä, det får vi hoppas. Att hon inte känt alltså", svarade han.

Julia tittade mot trappan till övervåningen. Bara knastret från brasan fyllde rummet.

"Vi behöver saker att se fram emot. Visst vore det fint att åka till Spanien igen i början av juli, eller hur?" sa Julia som sträckte ut sin hand mot Petter.

Samtidigt som Fotbolls-VM tänkte Petter och insåg plötsligt att han hatade terapeutens råd om att hålla med. Eller uttryckte hon det verkligen så?

"Ja, alltså nja..."

"Vadå? Vill du inte att vi gör något ihop? Eller vart vill du åka?"

"Jo, det är inte det. Klart jag absolut vill till Spanien."

"Säkert? Det ser ju ut som att du har svalt en citron! Förra året lovade du att vi skulle göra en resa till sommaren." Julia ryckte tillbaka sin hand.

Jo, det kan jag nog ha sagt vid något tillfälle, påminde sig Petter.

Soffan kändes plötsligt väldigt obekväm. Och nervositeten började nu ge sig ordentligt till känna.

"Du säger att det ser ut som en citron, eller vad sa du?" utbrast Petter.

"Hallå, kan du lyssna?" Julia viftade med handen som om hon putsade ett fönster.

"Jag lyssnar alltid. Vad ville du säga?"

"Glöm det. Våra samtal slutar alltid såhär. Du gör mig bara så irriterad. Hela ditt kroppsspråk vittnar om att du inte ens vill sitta här. Eller hur?" Julia sträckte sig efter en servett på soffbordet och gömde ansiktet i den.

"Nä, så är det inte."

Men skit, jag skulle ju bekräfta hennes känslor, hur gör jag nu? funderade Petter.

"Kan du berätta vad du vill med vårt äktenskap, du har ju haft dina terapisamtal?"

Julia la undan servetten och gav en blick som fick honom att tänka på Lasermannens gevär.

"Ja, att vi ska ha det bra och så", summerade Petter.

"Vilka visioner och drömmar har du inför framtiden?"

"Visioner och visioner … att överleva äktenskapet?" Petter skrattade till, men insåg samtidigt att skämtet kraschlandade.

"Du tror alltså inte på oss?" Julias fråga dränktes av en snyftning.

"Men kom igen, du fattar väl att jag skojade. Du ska inte vara så himla …" Petter såg terapeuten framför sig. "Jag uppfattar dig som väldigt känslig."

"Är det så konstigt? Du klarar ju inte att få ur dig en enda hel mening utan att såra mig!"

Petter märkte hur kinderna hettade. Han letade i minnet efter terapeutens råd, men kom bara ihåg att man inte skulle utgå från sig själv. Eller var det tvärtom?

"Så ska man inte prata. Utgå från mig, eller jag menar från dig själv istället", for ur hans mun innan han ens fattade vad han sa.

"Va?"

"Försök tagga ner."

Julia hade nu krupit så långt bort från Petter i soffan som möjligt och sparkade fram en kudde som barriär.

"Så du vill överleva ett liv med mig? Det är alltså allt. Du har nu släckt allt hopp", konstaterade Julia.

"Så störigt med dig, du ser alltid i svart eller vitt. Eller: Jag upplever dig ha en svart eller vit syn på allt."

"Inte så konstigt! Jag går upp till Lova nu. Hon sover och kan i alla fall då varken kränka eller förolämpa i alla fall."

Julia reste sig ur soffan och tog bestämda steg uppför trappan.

"Du är helt dum i huvudet", ropade Petter men kom på sig själv. "*Jag upplever* det som att du är helt dum i huvudet!" Han skrattade till, men ansiktet skrumpnade lika fort ihop i en grimas innan den första tåren föll över kinden.

Kapitel 13

"Detta kan vara mitt livs värsta kväll! Förstår ni inte hur det är för mig att sitta här?" utbrister Anton.

"Jo, kanske", svarar Petter med ett ansiktsuttryck som nyss hemkommen från ett studiebesök i dödsriket.

"Jag är oskyldig, jag måste få berätta", vädjar Anton.

"Mmm, prata du på", mumlar Moa och lägger armarna i kors.

"Gymnasiet var att börja om från ruta ett, lämna högstadiet bakom och förhoppningsvis aldrig mer bli påmind om sin plats som bottenskrap. I nian var jag töntstämplad, avvikande och tillbakadragen. Men på gymnasiet kunde jag klä mig i skjorta med krås en dag när jag kände för det, nästa dag en t-shirt med stiliserat tryck på David Bowie eller Marilyn Monroe. Uppmuntran i korridorerna istället för gatlopp på väg mot idrottshallen. Jag trodde att kärlek var möjligt. Kanske. Men det blev ingen kärlek", suckar Anton.

"Det var du knappast ensam om", påminner Moa honom syrligt.

"Moa, du var en skatt jag snubblade över. För mig hade du allt som behövdes."

"Okej ...", avbryter Moa. "Du *snubblade* alltså? Låter ju väldigt kärleksfullt."

"Jag menar inte illa. Men du hade då en lite speciell framtoning, med en glimrande mystik i all din spretiga återhållsamhet. Vi matchade varandra väl, kunde prata om våndorna i skolan, hur proven tyngde och böckerna vi gillade. Men inte minst teatern och skvallra om Petter och Julia."

Antons leende stelnar då skrattet uteblir.

"Moa, om jag minns rätt hade en kille tydligen bränt dig något år tidigare.

Moa nickar, hennes läppar tycks smalna.

"Och jag funderade på om det bara var så att du var galet långsint eller helt enkelt bara inte hade kommit över honom. För du ville *ta det lugnt.*"

"Moa, du har ju alltid varit lite svårtolkad. Jag tror att killar kan bli lite osäkra runt dig", fyller Julia i.

Anton ger Julia en tacksam nick.

"Jag har aldrig glömt dagen på mellanstadiet då mamma förvirrad letade sig in på skolan och krävde att få sitta bredvid på lektionerna en hel förmiddag. Hon var söndersprängd av sin ångest och felmedicinerad. Ena stunden gapskrattande hon för att sedan resonera på sin brittisk-svenska om *Anthonys svaga nerver.* Därefter föll hon i gråt. Jag pressade pannan mot bänkskivan och knep ihop ögonen.

Till och med jag själv förstod varför mobbningen började. Så alternativet att ta hem dig över natten var en rysk roulett, med en garanterad utgång av förnedring."

"Tänk att det skulle ta dig tio år att berätta det", påpekar Moa.

"Vad känslokall du är, Moa!" Julia slår ut handen mot henne. "Jag vill höra vidare."

"Det är lugnt." Anton föser undan luggen från ögonen och sneglar mot Julia innan han fortsätter. "Studenten kom som en befrielse. De korta sekunderna var eviga när vi sprang ut på trappan och sköt konfettikanoner, hoppade och vrålade om alla lyckliga dagar. Många säger att det inte kan regna som i Borås, men solen kan heller inte skina som i Borås."

"Sant", instämmer Petter. "Vår stad är bäst! Men kom till saken någon gång"

"Jag var äntligen lycklig. Det varade i cirka tio sekunder. Jag kisade ut över folkhavet, såg min familj vifta med en skylt, *Anthony NA09.* Ramen av en brittisk och en svensk flagga och i mitten en förstorad bild på mig från mellanstadiet. Där syntes en tolvårig Anton på en fällstol med solglasögon och händerna självsäkert knutna bakom nacken. Jag mindes solglasögonen, för utan dem hade de rödgråtna ögonen blottats.

Jag visste då att framtiden inte fanns här. Mindre än två veckor senare hade jag ordnat boende hos morfar i London."

När Anton tystnar blir det väldigt stilla. Ingen tycks greppa en fortsättning på berättelsen. Till slut harklar sig Petter.

"Du bara pratar runt. Jag fattar inte vad du menar", säger Petter med darr på rösten. "Och jag har alltid undrat vem du egentligen är. Du spelar öppen, men pratar mest bara skit."

Anton märker hur kroppen tycks domna bort.

"När jag lämnade Julia på hotellrummet gick jag till ett ställe innan jag kom hem. Jag mötte någon där och vi hade sex. Men allt har en förklaring!"

Det blir så knäpptyst att det hade gått att höra hur gräset växer. Till slut vänder sig Julia mot Moa.

"Där hör du, Moa. Du borde be om ursäkt som anklagar och har trott saker om mig", väser hon. "Och nu fattar jag varför du har varit så reserverad mot mig de sista åren."

"Om något av det ni säger är sant ... Jag vet för fan inte vad man ska tro på", fräser Petter.

Moa kan inte tro sina öron. Hon hade alltså rätt: Anton har rakt igenom utnyttjat henne. Knullat med en tjej så fort han hade chansen.

Hon minns när Anton plötsligt ringde och frågade om han kunde få vara inneboende några nätter. Det var flera år sedan, det var en ledig lördag. Hon hade precis passerat småbåtshamnen i Årstaviken på väg till Eriksdalsbadet och bromsade in cykeln i det dammiga gruset. Segelbåtarna guppade i sina kajplatser och en vindpust kastade upp håret i ansiktet.

"Låt mig först förklara lite om sakernas tillstånd och hur tillvaron hänger ihop", fortsätter Anton.

Nu försöker han slingra sig igen, tänker Moa. Hon märker hur kroppen skakar, hur vreden kröker fingrarna likt knotiga grenstumpar.

"Du bara babblar tills du som vanligt har blandat bort korten. Jag kan berätta om vårt förhållande fram till att du satte på den där tjejen. Och någon ursäkt till Julia lär sedan inte behövas!" fräser Moa.

"Lugna ner dig nu", beordrar Julia.

"Okej, vad ska du säga?" Antons trotsiga fråga lägger mer bränsle på Moas eld.

"Din oväntade entré var en briserande bomb, där känslorna efter smällen spreds, helt separerade från varandra i mig. Oro, besvikelse, nyfikenhet, längtan. Det gick inte få ihop. Din vädjan att flytta in var ett inbrott i mig där jag stod utan möjlighet att värja mig."

"Varför sa du inte i så fall nej?" undrar Anton.

"För att jag har en stabil värdegrund och då säger man inte nej till en medmänniska i nöd."

"Ja, men så illa var det inte i England." Anton lägger armarna i kors.

"Menar du det? Jag minns din tårdrypande berättelse om din morfar som lät dig bo uppe på sin ruffiga vind i Hounslow i London och hur du tittade ner på lönnarna och den trafikerade gatan från det inklämda fönstret" påminner Moa honom.

"Du överdriver lite. Jag gick faktiskt på Performing Arts School i London, fick vänner från skolan och mot alla odds blev jag ju upplockad i en barnteaterensemble efter examen."

"Äh! Du fick ju knappt lön där", kontrar Moa.

"Haha, nu bedrar ditt minne dig. Vi, The Laughing Penguin, lyckas sälja in ett koncept till skolor med fokus på miljöfrågor." Anton stannar upp som i jakt på Petters och Julias medhåll. "Jag var med och spelade versioner av kända pjäser i skolor som *Det susar i säven*, för att väcka barnens nyfikenhet kring frågor om nedskräpning. Resor till Colchester, Maidenhead, Southend-on-Sea, ja ändå bort till Ipswich."

"Hur var det att bo i London?" skjuter Petter in med pannan krattad med rynkor.

"Egentligen kul, men själva boendet hos morfar var sådär. Han levde ett typiskt brittiskt stelt liv, vars höjdpunkt var kvällens gin och tonic. Sen somnade han."

"Verkligen Anton? Du berättade om ditt äckel då han muttrade om invandringen som hade lett till Londons förfall, där han vankade runt i sitt mörka bibliotek med de obekväma Winchester-fåtöljerna. Fördragna gardiner, och knappt något dagsljus kom in genom fönstren. Ett moln av rök från pipan var det enda som tydde på mänskligt liv i lägenheten, sa du ju. Ja, utöver hans knackningar med pipskaftet i askfatet för att sedan stoppa i ny tobak."

"Jo, viss sanningshalt finns det nog i det du säger", svarar Anton svalt.

"Bodde du på den där vinden i alla år? Varför flyttade du förresten hem?" avbryter Petter.

"Nåväl, jag gick till den lokala närbutiken för att köpa mjölk och te och då hoppade några killar fram och pressade ett föremål i ryggen. Jag lämnade ifrån mig telefonen och jackan. Då kände jag att jag var färdig med London."

"Det lät inte kul", utbrister Petter. "Du då Moa, varför lämnade du Borås för Stockholm?

Moa lägger huvudet på sned.

"Jag träffade en programmerare i Sundbyberg via en dejting-app. Efter ett år av långdistans tog jag tyvärr steget för att komma närmare. Minns du inte? Du var väl med på min utflyttningsfest?"

Petter tycks förgäves rota runt i minnet.

"Nja. Jag var nog hemma med Lova den kvällen."

"Eller var du bara som vanligt alldeles för onykt...", viskar Julia med road syrlighet.

"Tyst!" avbryter Anton. "Jag vill höra fortsättningen!"

Moa studsar till. Anton är fortfarande så undvikande, men samtidigt en räddare i nöden i den här absurda situationen hon har satt dem i.

Han är en exakt kopia av sig själv, tänker Moa och ser Anton framför sig den där våren i Stockholm för många år sedan.

Han hade då förändrats. Valpigheten, den något glädjefulla uppsynen i de tonåriga ögonen hade ömsats bort. Det tidigare så vackra ansiktet såg vindpinat ut.

Hon frågade varför han lämnade Borås så hastigt efter studenten. Hon lyssnade och försökte förstå, men förklaringarna kändes så lövtunna att de förångades i Antons andetag. Men Moa ville inte tränga sig på. De var ju ändå inte ihop.

Snart ställde han sig i bostadskö, sökte kvällsjobb och ringde runt till skolor som kunde erbjuda utbildning inom kreativt skrivande. Jakobsbergs folkhögskola i Järfälla hade en ledig plats, den var snart Antons.

Trots Anton 2.0 fanns något i honom som skavde i Moa. Men vad?

"Ja du Anton, vad var det jag ville säga? Jag snubblade precis runt i mina minnen och blev bara så trött. Du kanske vill berätta om vår tid?"

Moa tar fram inhalatorn och drar in luften i lungorna. Långsamt sipprar orken in i henne. Hon ser hur gatubelysningen vid parkeringsplatsen tänds, hur lamporna flimrar till som en yrvaken blinkning. Nu är det dags för alla ljusskygga figurer att träda fram, tänker hon och sneglar mot Anton.

"Jag tänker att vi var två vargar som sökte oss till vår flock – varandra. Du var rätt ensam i Stockholm tills jag kom. Visst var det så, Moa?"

101

Han är stressad nu, konstaterar Moa. Det anspända röstläget, hur han fladdrar med händerna, bekräftelsejakten. Han ska få prata bort sig.

Eller tänk om det handlar om hans rädsla för döden?

En smocka av skuld träffar Moa. Hon slår ner ögonen.

"Ja, kanske det", svarar hon.

Jag är skyldig honom i alla fall att en sista gång få berätta.

"Det kan ha varit ödet, men jag tänker att det var menat att bli vi. Du hade väl ett rätt tomt liv? Du väntade på att jag skulle komma", konstaterar Anton.

Kanske det, tänker Moa och åren innan Anton i huvudstaden blixtrar förbi.

Bibliotekarieprogrammet var avklarat, fast jobb på en gymnasieskola i Stockholms innerstad och en välplanerad hyresrätt i Råcksta. På pappret hade allt blivit rätt.

Dagarna lades till varandra, blev till veckor, månader och år. Nytt jobb på Stockholms stadsbibliotek, därefter Kungliga biblioteket. Där växte nya vänskaper fram. Arbetet var visserligen stressigt men helgerna bestod av bubbelbjudningar på Söder och Östermalm, inramade av sofistikerad smak och tydliga åsikter om allt från vargjaktens vidrighet till bästa receptet på hemmagjord mango chutney.

Intressen flödade som enbart Stockholm tycktes rymma: riktigt bra teaterföreställningar, floating, slottsbesök i Uppland och microneedling. Hon gjorde allt som hennes pappa skulle ha avfärdat som trams. Håret fick växa ut, den patenterade flickluggen hamnade bakom öronen och experiment med olika klädstilar. Bohemiska koftor, punkiga skinnjackor, pumps och massor av kajal. Nästa dag gällde kritstrecksrandiga chinos, vit skjorta med stärkta kragar, bakåtkammat hår och högklackat. Ju spretigare blandning desto bättre.

Ska jag för alltid leva ensam? minns Moa att hon tänkte. Hon skönjde mönstren; hur självupptagna eller karriärsugna killar kom in, kanske med någon förhoppning om att göra om henne till något annat, men tappade intresset. Men tanken smög långsamt inpå, kanske är jag inte gjord för ett förhållande? Och det behöver inte vara fel!

Den insikten grydde sig starkare för varje dag, en självständig frihet från barndomens krav på anpassning. Dessutom hade hennes egna föräldrar levt upp som praktexempel på hur äktenskap var en källa till olycka. Då och då bubblade Anton upp i medvetandet, men både han och Borås var avlägsna, det kändes bra.

Men plötsligt befann sig Anton mitt i Moas tillvaro. Som att någon hade knäppt med fingrarna och förtrollningen bröts. Allt som passerat sedan studenten var en parantes. Moa och Anton, det riktiga paret. Eller?

"Ödet, javisst! Du fångar ju mig på pricken, Anton", utbrister Moa. Hon märker hur mungiporna glider isär i ett ironiskt leende. Kanske av tragik?

"När var det ni blev ihop igen? Du var väl inneboende först?" undrar Petter.

"Vi kände att det kom naturligt och det är svårt att liksom säga exakt när", svarar Anton och vänder sig mot Moa.

"Precis så, du går från klarhet till klarhet."

Antons ögonbryn är en aning lyfta och han tar ett långt andetag. Ögonbrynen åker så nedåt igen och nästan formar en linje mot det bubblande flinet.

"Jag tycker att det har blivit så mycket negativt här ikväll, men du måste ändå medge att visst hade vi mycket som ändå var bra Moa?"

"Absolut!" svarar hon med ett ironiskt leende.

Moa kan fortfarande känna smaken av deras första kyss i Stockholm. Då färgerna var så klara och känslorna glödde. Känslan att tillsammans stå på tröskeln till sin framtid var så hisnande, och nu är Moa i minnena där igen.

Anton flyttade över från bäddsoffan till sängen, gav små kommentarer om hennes örsnibbar, hur hennes smilgropar liksom ramade in och smyckade ut den vackra munnen och hennes nätta handleder.

Han älskade närhet. Han kunde ligga i sängen och kramas i oändlighet, låta sina fingrar snudda vid hennes ryggrad och rumpa, nafsa i nacken. Det var en hundratjugosäng. Då hon vaknade till om nätterna kunde hon ana hans konturer i skenet av den fluorescerande väggklockan.

En natt kunde Moa inte somna. En svag ljusglipa från fönstret kastade en linje av silver över hans haka och axelparti. Hon drog sin hand över hans bröstkorg, över magen. Anton sov, men flämtade till då hon försiktigt drog ner hans underkläder. Moa kunde inte hålla tillbaka sin längtan och upphetsning, hon började tillfredsställa honom. Då han slog upp ögonen blev han förlägen och rullade reflexmässigt bort mot väggen.

Från den stunden gick deras oskuld i kras. Det obekväma ämnet sex blev onämnbart. På morgonen var det som att natten aldrig hade hänt.

"Anton, jag kommer ihåg att du fokuserade på utbildningen. Om helgerna jobbade du med att köra budbil och på kvällarna hukade du över skrivbordet i lampans sken, läste teori i kreativt skrivande och testade version efter version på den perfekta novellen. Jag följde dig med blicken, hopkurad under en fleecefilt i soffan med en mugg te i händerna. Funderade på vem du fick mig att bli", säger Moa.

"Men vadå? Jag minns inte att du klagade."

"Det är ingen idé att klaga om ingen lyssnar."

Petter och Julia sitter förstelnade, iakttar. Nu är det deras tur att bevittna ett sammanbrott i närbild.

Anton lutar sig bakåt med händerna korslagda över bröstet.

"Okej, jag fattar att det är komplicerat att prata om allt bra när jag betedde mig så uselt efter kvällen med Petter och Julia."

"Ja, lite provocerande faktiskt ... Men fortsätt berätta, det är kanske vår sista chans att reda ut och lämna det gamla bakom?"

"Tack, jag är verkligen tacksam att vi tillsammans får den här chansen."

"Ja, verkligen fint ..."

"Men du Moa, visst fanns det mycket ömhet?"

I Moa virvlar en road likgiltighet runt. Hon har ältat deras tid så många gånger att minnenas kraft har bleknat. Att höra Anton är både underhållande och provocerande. Samtidigt.

"Vi hade fina stunder Anton, det stämmer."

"Jag minns när vi spenderade den där romantiska helgen på hotellet i Strängnäs. Du snubblade och jag drog upp dig ur vattnet vid Ulvshälls hällar!"

"Onekligen!"

Moa ser dubbelsängen i hotellrummet framför sig när hon kom ut från badrummet.

Anton lät handduken om sina höfter falla till golvet. På lakanen låg ett mindre förråd av svarta och rosa plastleksaker hon aldrig tidigare sett. Men hon fattade.

Tårarna trängde fram. Kanske av frigörande lycka eller besvikelse, men hela deras relation sögs ihop i en liten punkt det ögonblicket. Allt summerades.

Han visade en hel värld som hon aldrig hade anat. Stavar, klämmor, kulor och vibrerande föremål av latex hon aldrig hade kunnat föreställa sig. Där var deras sexdebut.

Kväll efter kväll tog Anton initiativ. Visst att deras tid var mycket mer än så. Sena kvällar på favorithaket Kvarnen, Magic-partier med Antons kurskompisar, utflykter och promenader på Möja. Ja, utåt sett hade de ett vanligt liv. Men det som har dröjt sig kvar var att han tog fram sexleksakerna ur den skrynkliga Ica-påsen.

De följde alltid samma ritualer, och hon låg som en ny-utslagen blomma över sängen och lät sig bli tillfredsställd. Gång på gång. Men något fattades – äkta närhet.

En osäkerhet kom långsamt att fylla tomrummet där den delade passionen skulle fått sin plats.

Moa kliar sig över näsan.

"När jag tänker efter så var det onekligen en intressant tid i våra liv. Vi stod på krönet till något som väntade. Visst var det så?"

"Ja precis!" svarar Anton och skiner upp. Han för glaset till munnen. Handens darrningar får droppar att skvätta över kinden.

"Vilket krön?" frågar Petter.

Anton torkar med handryggen över sin mun och gör en lång utandning.

"Alltså, Stockholm är ändå en sån stor och mäktig stad jämfört med Borås. Lite svårt att förklara för någon som bara har bott här, men där finns allt om man vågar passera krönen."

"Haha, skitsnack. Kalla mig lantis, men jag tror att folk är mycket mer nöjda och avslappnade här", kontrar Petter.

"Stockholm kan inte finnas utan städer som Borås och Borås kan inte finnas utan städer som Stockholm", fyller Moa i.

"Smart sagt! Alla behövs", summerar Anton.

"Sen är det ju olika krön vi pratar om. Vissa ger perspektiv, andra ska man aldrig passera. Inte ens i Stockholm", svarar Moa. Hennes darrande fingrar är krökta till en knytnäve.

Det var mycket som inte stämde, men bara i det finstilta kunde mönstren urskiljas. Moa minns hur Anton spenderade allt fler kvällar på egen hand, kom hem glad, berättade om sitt skrivande. Han hade fått timanställning på en lokaltidning, skrev om stadsdelsnämndens beslut om parkförvaltning, bortsprungna djur och affärslokaler som hade använts av yrkeskriminella. Hans babbel var lika glatt och bubbligt som i gymnasieskolans korridorer. Men Moa slutade lyssna. För hon satt ensam i soffan invirad i en pläd och drömde sig bort.

Kvällen med Petters och Julias besök förändrade allt. Moa plockade ihop Antons underkläder och slängde dem i tvätt-korgen. Två veckor senare var hon bortrest på tredagars-konferens.

Tillbaka hemma väntade Anton i den nedtonade belysningen med ett ivrigt leende. Lägenheten var välstädad, det var oväntat. Han hade förberett en middag med lax och pressad potatis, det var än mer olikt. Oreganoburken gapade dessutom tom, och det var väldigt olikt Anton. Han hatade oregano.

Moa förstod, men led sig igenom middagen, utsökt Félsinavin och en hemgjord tiramisu. Anton var pratig, snudd på manisk och insisterade på att sätta på Moa ögonbindeln då han tog av hennes plagg. Hon fylldes av lättnaden att slippa se honom, log bittert, och kände hur avsmaken proppade henne full. För första gången fejkade hon en orgasm. Bakom ögonbindeln gömdes tårarna.

Hon visste att han inte älskade henne, att hon var ersatt av andra tjejer som kunde ge honom det han ville ha. Kanske var det Julia som hela tiden hade bott i hans drömmar?

I det ögonblicket bestämde hon sig för att hämnas. Anton skulle dumpas med elegans, en dag skulle han stå till svars.

Ett drygt halvår senare var arbete och bostad fixad i Borås. En klar nedgradering rent karriärmässigt, men ett lyft för själv-känslan.

Stockholm hade förvandlats från drömmarnas stad till en kvävande frysbox. Hon checkade ut från deras självskapta helvete med en vackert skriven hej då-lapp på hallgolvet i en mer eller mindre tom lägenhet. När Anton kom hem från sin jobb-resa hade han med sig en flaska Félsinavin. På spisen hade Moa placerat en full oreganoburk.

Kapitel 14

Det guldmättade ljuset har dragit sig undan vattentornet, men högt över staden flödar de sista strålarna. Ovanifrån syns hur kvällen bäddar in hus och parker i mörkret. Borås glimmar i gatlampornas sken, likt utslängda pärlband i en värld av betong och asfalt.

Enstaka motorljud kan höras. Ett skogsrave nedanför sjukhuset skickar baslådornas vibrationer i alla riktningar och i djurparken brölar en elefant med full kraft på väg in i stallet. Det är en idyll på avstånd.

"Jag ska nu vara ärlig. Jag mötte någon efter att jag lämnade Julia och hade sex", säger Anton.

"Vad menar du, var du alltså inte ärlig innan?" fnyser Petter.

"Sluta missförstå med flit. Please. Säger du så för att själv hamna i bättre dager?" Anton sänker huvudet.

"Du har bedragit henne. Anton ... bedragit", konstaterar Julia och spänner blicken.

"Förlåt Moa, men det här är sant. Jag svär vid Gud. Det är så att jag inte gillar ... tjejer. Jag har aldrig varit med någon tjej, någonsin. Någon annan tjej, alltså."

"Vad säger du? Snälla, säg att du driver med oss!" viskar Moa.

"Mitt beteende har varit jävligt själviskt, men har aldrig vågat närma mig sanningen. När jag låg i backen innan ni kom tänkte jag hela tiden att *jag måste berätta*. Det var därför jag kom hit. Förlåt. Men du ska veta att jag ändå alltid har älskat dig, som den syster jag inte hade."

"Jag fattar inte", flämtar Moa med ansiktet begravet i händerna. "Det är bara för mycket."

Ord är kraftfullare än släggor. Och Antons bekännelse ser ut att ha träffat, ja pulveriserat tjejerna, samtidigt som Petter plötsligt märker hur luften känns lättare.

Va? Är Anton bög? Och har aldrig varit med en tjej, hur var i så fall det så kallade sexlivet med Moa, tänker Petter.

Han tittar på Anton som sitter hopsjunken med armarna runt knäna. Petters ögon söker sig mot Antons skrev. En omtumlad men skadeglad befrielse över att den omtalade mittpunkten inte fått någon utdelning, i alla fall inte hos tjejerna. Men ämnet otrohet är brännande.

Snart kommer Julia pressa mig, det kan bli tufft.

Till slut har Moa samlat sig.

"Jag känner mig så oerhört sårad. Du är helt rubbad, Anton. Hör du det? Rubbad! Du har bara utnyttjat mig! Hade det inte varit för din sjukdom skulle jag ha stuckit. Nu!"

Moas slutgiltiga omdöme sätter punkt för det korta ögonblick som aldrig tycks ta slut.

"Där ser du Moa", triumferar Julia. "Du hade fräckheten att anklaga mig! Hur vågade du?"

"Ehrm, ursäkta. Men det är väl inte så konstigt när ni har träffats och han uppenbarligen precis hade haft sex."

"Det här är killarnas fel. Ni två är ynkliga. Utan karaktär eller heder", hickar Julia, som vinglar till. "Du var otrogen, Petter, och det har du faktiskt erkänt!"

Genom Petters mage spränger en ilning, han märker ett lätt illamående.

Hur hamnade jag såhär i livet?

Över trädkronorna svävar månskäran. Han lutar sig bakåt och tittar upp mot den stjärnklädda himlen. Där svävar Pegasus, Björnvaktaren, Sommartriangeln. Han kan dem alla.

Sedan barnsben har astronomi fascinerat Petter, då han och pappan satt i ekan i Öresjö och fiskade gös tidiga sommarnätter. Petters spö var lite för tungt, och gled med jämna mellanrum ur greppet och dippade ner genom den mörka vattenytan. Petter övergick snart till att räkna stjärnorna. Han svävade iväg långt bort i rymden till det stillsamma kluckandet mot skrovet som vaggade till sömns. Kanske var de ute en gång, kanske tio.

Men annars kommer Petter inte ihåg så mycket från den tidiga barndomen, mest bara suddiga bilder då han följde med till pappans svetsverkstad i Gånghester och VVS-firman. Resten är skärvor av minnen, som han lägger ihop till berättelsen om sitt liv.

Skolbänken på lågstadiet.

Fotbollsmatcherna.

Storebrors och mitt rum.

Mammans nygräddade pannkakor.

Våra sommarresor i Europa.

Häcken mot gatan.

Den guldgula sanden i Thailand.

Tsunamivågen.

Alla operationer.

Smärtan och tabletterna.

Tabletterna och känslan av att sväva.

Stjärnklara nätter.

Lektionerna i kemisalen.

Första flickvännens kyss.

Festerna.

Julia.

Lova.

Linjalen i badrummet.

En ljus fläck rör sig i en avlägsen flykt över himlen. Ritar ett streck mellan stjärnorna i Pegasus. Petter rycker till, likt när en hypnos släpper taget.

Han känner gräsets fukt mot ryggen och huttrar.

Så Anton är bög, det är ju otroligt. Tänder han på mig? Petter hasar sig försiktigt några centimeter lite längre ifrån honom. Att ingen fattade. Och när ska jag avslöja mina hemligheter?

"Julia", utbrister Petter lågt, "det är så mycket du inte har fattat. Jag orkar inte ens bemöta dig. Vill du veta sanningen?"

Men Julia hör inte. Hon är fullt upptagen med att visa Lovas god natt-hälsning på mobilen för Moa och Anton.

Kapitel 15

"Jag fattar om ni är chockade", flämtar Anton. "Vill ni att jag ska gå?"

"För länge sedan reflekterade jag kring din ... läggning. Men du hade ju Moa och jag slog bort tanken", konstaterar Julia.

"Jag har ju vetat om mina känslor sedan tonåren. Har så längre velat berätta."

"Just därför ska du kanske *inte gå*. Vi borde prata."

"Vad säger du, Moa?"

Moa drar några djupa, väsande inandningar med inhalatorn. Hon klarar inte riktigt att ta in vad hon har hört. Efter hennes omedelbara vulkanutbrott hamnade de stora känslorna i pausläge. Lättnaden över att det inte var hennes kropp det var fel på, sen ett framrusande medlidande. Har Anton i hela sitt vuxna liv inte vågat berätta om sin läggning, varför?

Men lika fort kommer ilskan. Han har slösat hennes tid för att hemlighålla sin livslögn! Och kommentaren om att vara hans syster är också för mycket. Vem vill dela säng med ett syskon?

Intrycken tar ut varandra. Dessutom Antons sjukdom. Kvar finns bara en innehållslöshet.

"Min kropp är totalt matt. Du och Petter har väl nu tid att prata för att gå vidare?" viskar Moa.

Från ett gavelfönster en våning upp intill parkeringsplatsen sprider sig ett flimrande ljus från en skärm. Konturerna av två personer kan anas i en soffa, de befinner sig i en annan värld, ett parallellt liv.

Petter kramar sönder en ölburk och ljudet av den hopknycklande metallen skapar en liten konstpaus.

"Jag har inga problem med att stå för vad jag har gjort. Problemet är att Petter saknar förmåga att uttrycka känslor", utbrister Julia.

"Bättre det än att trycka ner andra hela tiden", väser Petter.

"Stopp nu! Jag har aldrig tyckt att Petter är svår att prata med. Kan ni inte försöka säga vad ni tänker? Bägge alltså", protesterar Anton.

"Där hör du. Du är som en krokodil. Stor käft och små öron", konstaterar Petter och pekar långfingret mot Julia.

"Fy f..., okej. Nu ska jag inte bli förbannad ... Jag ska lyssna. Om du nu har något att säga", fräser Julia.

"Bra", skjuter Anton in.

Julia sänker långsamt hakan.

"Vad har du till ditt försvar Petter? Du kunde ha nöjt dig med det liv vi hade, tagit hand om familjen, satsat på vår framtid, fått en stor familj och låtit allt det goda få komma. Vi hade äntligen tagit oss genom ekonomisk stress, pluggandet och Lova trivdes i skolan. Vi hade väl allt ett äktenskap kunde ge?" utbrister Julia.

"Tycker du? Om jag säger 30 juni, vad tänker du på då? Dagen du spydde över frukostbordet, knappt tre veckor efter studenten. Du sjukskrev dig från jobbet, stannade hemma utan att ens berätta för mig", grymtar Petter.

"Var jag oärlig? Du valde att ligga med den där äckliga subban, du valde ett varannan vecka-liv med ständiga avsked, att låta mig torka Lovas tårar. Alla drömmar om en stuga i Varberg var inget värda, eller planerna på vårt växthus och jacuzzin på baksidan. Snacka om att svika."

"Efter ditt smyggjorda graviditetstest berättade du inte för mig, utan för Moa. När din mamma hittade brevet från barnmorskemottagningen ringde din pappa mig – det var första och enda gången – och kallade in mig, som en olydig skolpojke."

"Jag valde Moa eftersom hon faktiskt lyssnade!"

"Vänta lite ...", bryter Anton in.

"Tyst! Låt mig prata klart!" fortsätter Julia. "Om du hade haft is i magen skulle du ha inte ha överreagerat som du alltid gjorde. Mamma och pappa, ja de kan vara lite svåra. De vill ha saker på sitt sätt, förväntningar och krav. Men trodde du inte att jag kände till det?

"Fast jag minns när vi satt i deras soffa den där sommarkvällen. Vi hade dragit skam över din familj och skulle stå vårt kast. Din pappa höll upp brevet från barnmorskan i handen, knycklade ihop och kastade in det i öppna spisen. Lågorna slukade det sista av det jag trodde var min, eller vår, självständighet."

Julia slår ut händerna och välter Moas tomma vinglas som rullar ner i backen, ut i mörkret.

"En sak ska du veta, Petter ... Beskedet om Lova – jag vet att vi bägge blev överrumplade – hon var biljetten till vår framtid. Men då visste vi, eller i alla fall jag, att vi var förbundna för evigt. Även om vi kom från olika sorters bakgrund så fanns nu bandet som förenade oss. Eller hur?"

"Får jag svara nu Julia?"

"Lyssna nu! Kärleken är ett åtagande, det är att bära varandra i medgång och motgång, att ge av sina rädslor och glädjeämnen, att berätta, lyssna, förstå. Men ju mer jag försökte, desto räddare verkade du bli. För var dag jag ville ge mer, desto längre backade du."

"Kanske inte så konstigt? På bröllopet höll din pappa sitt tal om den stora och framgångsrika familjen han ville ha. Vi skulle ge honom barnbarnen. Allt var dukat till fest, men jag kände bara en tomhet. Och bredvid satt du, och höll osäkert dina händer över magen."

"Sa du osäker? Som kvällen jag spontant kom till dig och fotbollslaget i Göteborg, det var en impuls, ja jag vet. Trots putande mage och alla helvetiska svettningar stod jag ut. I handen fanns lägenhetskontraktet. Du skulle bara veta hur många samtal jag ringde, för vår skull. Eller hur?"

"Och?"

"När jag kom in i den svettstinkande matsalen snackade du med dina kompisar. Du såg inte mig, du pratade ivrigt med den där skäggige lagkamraten. Och när du väl lyfte blicken försvann färgen i ditt ansikte. Du verkade skämmas, alla såg hur jag gick itu. Snacka om att göra någon osäker."

"Det gjorde jag inte alls."

"Berätta inte för mig om du gjorde mig osäker!"

Vi fryser grälet en stund. Låt oss titta in i den tonårsbubbla som Julia steg in i. Hur såg den osynliga manualen till social framgång ut i Petters fotbollslag, utöver det rent sportsliga?

- Vara hetero. Viktigast.
- Ha sexuella erfarenheter – vilket kan kompenseras ifall ett antal porraktriser kan nämnas.
- Föredra Anders Svensson framför Kim Källström som mittfältare i landslaget.
- Gilla öl och ju mörkare desto manligare.
- Tycka att gymnasiet suger.
- Ha magrutor och framträdande biceps.

Detta var mer eller mindre självklart för alla i laget – från målvakten till anfallarna – trots otal värdegrundsdagar genom skolåren och tränarnas nolltolerans mot kränkningar och dåliga attityder. Petter råkade ändå ha *alla rätt* och samtalsämnena i matsalen hoppade något oförutsägbart mellan punkterna. Men inne i Petters fotbollsvärld stod nu plötsligt Julia. Överrumplingen var total och omställningen än mer brutal. Hur reagerar förvånade människor? Vanligtvis inte med jubel och halleluja-rop. Nä, Petter blev vit om kinderna.

Men hur reagerar besvikna människor? Inte med jubel och halleluja-rop de heller. Julia blev röd om kinderna.

Över till backen nu.

"Skit samma om den där matsalen", utbrister Petter. "För två dagar före julafton föddes Lova. Trots att vi bara varit ihop i typ ett år, hade vi redan haft så många slitningar som det säkert tar ett helt liv för att skrapa ihop. Med Lova blev vi partners in combat. Så vi samlade oss och kämpade."

"Ursäkta, men ni pratar om olika saker. Jag och Moa tjafsade i alla fall inte så här", mumlar Anton.

Moa, hon bara skakar på huvudet.

"Nä, ni två pratade väl inte alls?" svarar Julia.

Anton tycks inte har hört svaret, utan gräver runt i chipspåsen efter de sista smulorna.

"Petter, du sökte en flickvän, men fick mig, en kvinna. Eller snarare: en familj. Jag sökte en man, men upptäckte att du förvandlades till en pojke."

"Vad pratar du om?" suckar Petter.

"Tyst! Din familj tittade på mig med en slags nyfikenhet, som ett exotiskt djur. Jag förstod att de inte förstod mig, min hudfärg och tankar. De liksom klappade mig på huvudet men var samtidigt rädda att jag skulle nafsa. Som på vakt. Du var ju vuxen och de drog sig tillbaka. Precis som du."

"Du snackar i gåtor. Ditt problem är att du aldrig blir nöjd."

"Ge mig ett enda exempel på mitt så kallade missnöje."

"Du ville att jag skulle förändras till något jag inte var, eller knappast kunde bli. På Lovas dop var du missnöjd över att jag inte hälsade ordentligt på dina fastrar i kyrkan, när du fyllde år var presenterna inte *genuina*. Hos mina föräldrar beklagade du dig inför dem att jag aldrig kunde öppna mig, och när vi åkte hem ifrågasatte du varför jag ville stanna där så länge."

"Du hittar på!" utbrister Julia. "Och nu sitter du och dillar med en öl i handen. Full igen. Jag har sett det för många gånger, jag vet varför du dricker: Du behöver alkoholen för att må bra, och för att släppa taget om tystnaden. Eller hur?"

Petter knycklar ihop ännu en burk, helt oberörd av vad han nyss hörde.

"Du mår inte bra Petter. Dina minnen från tsunamin i Thailand plågar om nätterna, du gråter och kvider, ropar efter mamma. Jag fanns intill, strök handen över ryggraden tills skakningarna upphörde, men när du vaknade mindes du inget."

Bakom ryggarna tätnar mörkret. Kvällsbrisen har förvandlat träden till suckande, dunkla jättar. Men tystnaden mellan vindstötarna är än mer påträngande i spotlighternas spöklika sken som lyser upp vattentornets murar.

"Ja, vad ska man säga?" flikar Moa in och lutar sig framåt. "Minns ni Åsmund Ramsbye i Petters klass som läste en dikt om kärlekens gåtfullhet? Han sa: 'Jag har inte haft tur som fann dig. Du är inte en skatt jag har hittat eller en vinstlott som jag har råkat dra ... ' Någon som kan fortsättningen?"

Julia viftar med handen.

"... för vår kärlek är resultatet av alla dagars slit och hårt arbete. Vi har inte funnit varandra genom lyckosamma slumpar, utan för att vi älskar, vårdar och helgar kärleken. Vi förtjänar oss, för vi hör ihop och kommer så alltid att göra."

"Jag vill anpassa texten lite", svarar Moa. "Vi har inte haft otur. Vi är inte varandras nitlotter som vi har råkat dra. Våra kraschade relationer är resultaten av minfält som vi tillsammans med andra, och under hårt slit, har minerat. Sedan gång på gång trampat snett och bränt av explosioner. Dessa smällar förtjänar vi och kommer alltid att så göra eftersom vi förmodligen aldrig har älskat varandra."

Kapitel 16

Kvällen håller sakta på att svalna och vännerna har förvandlats till silhuetter, maskerade av natten och till röster utan ansikten. I fönstren släcks lamporna en efter en som en påminnelse om att deras gemensamma tid är utmätt.

"Vilken hemsk omtolkning. Är det så du går runt och tänker?" suckar Julia.

"Inte alltid. Jag bara omformulerar vad vi egentligen har sagt", svarar Moa.

"Jag blev så berörd, för det slog an något i mig", fortsätter Julia och reser sig upp. Hon tar några steg mot muren och flämtar, böjer sig över stenblocken. "Jag måste säga en sak."

"Behöver du spy?" frågar Anton.

"Nä, bara ta lite luft."

Julia vänder sig långsamt om.

"Din omtolkning av dikten är fel", utbrister Julia. "Vi har älskat varandra med det vi hade och kunde. Vi hade klarat otrohet, ja alla problem om det inte var för … alkoholen."

Petter gör en diskret harkling.

"Ni har ju hört ikväll hur oresonlig han blir med öl i kroppen och förstår att det inte funkar. Men det värsta är Lova."

Julia tar en paus. En stilla snyftning hörs.

"Fattar du inte vad du gör mot vårt barn?" fräser hon plötsligt.

Vi trycker på paus ett ögonblick, eller snarare: tänk dig off-knappen. Bilden blir då helt svart. Tom. Ungefär så känns det där framför vattentornet.

Julia har slängt ur sig en anklagelse, en smetande sörja av besvikelser som Petter omöjligt kan ducka för, hur mycket han än harklar sig. Luften har tätnat och syret verkar ta slut, som i en tillsluten säck. Ingen vet om musklerna i Petters ansikte är förvridna, hur han ska försvara sig.

Men trängda människor kan vara game changers. Och framförallt: Ingen har haft en tanke på vad som finns i hans väska.

Nästa harkling spräcker tystnaden.

"Ser ni burken här?" ropar Petter och sätter på mobilens lampa. Hans hand skakar, och i skenet darrar de kalla skuggorna över ansiktet.

"Ta den!" Han kastar burken som landar framför Julias fötter.

"Ska du lova ännu en gång att nu är det slut med drickandet? Du har kört den lite för många gånger", konstaterar Julia.

"Visst. Jag har sagt det förr."

"Jag tänker inte plocka upp skräp som du slänger till mig!"

Petter vänder sig mot Anton och Moa. I deras oroliga uppsyn finns många frågor, i deras fastfrusna kroppsspråk ryms många tankar.

Moa tänder sin mobillampa, riktar ljuset upp i grenverket ovanför.

"Tänk på Lova! Ska hon växa upp med en pappa som dricker?" ropar Julia.

"Vill du kolla på den här?" frågar Petter och rotar upp en ölburk ur ryggsäcken och rullar fram den till Moas knä.

"En ljummen öl?" säger Moa som lyfter upp den.

"Titta lite noggrannare på burken då!"

Moa synar den, mumlar ohörbart.

"Jag behöver mina glasögon. Vad är du ute efter?"

Anton sätter sig på huk och tar burken. Han läser under tystnad.

"En Heineken. Ingen höjdare direkt", påpekar Anton.

"Läs det finstilta", skjuter Petter in.

Moa riktar ljuset mot burken.

"Heineken Lager Beer. Premium quality. Alcohol free noll punkt noll, står det om jag ser rätt."

"Yes. Enligt Systemet är det en så kallad sällskapsdryck, bör serveras till fisk eller ljust kött, om jag minns exakt", sammanfattar Petter.

Anton plockar upp en av de tomma burkarna som ligger i gräset.

"Det var som fan. Du är nykter. Och här sitter vi små-packade."

Julia böjer sig ner och synar burken som nyss kom farande.

"Du har inte druckit alkohol?" frågar hon.

"Inte alls. Om du någon gång hade frågat skulle jag ha berättat. Jag har inte druckit en droppe alkohol sedan vi flyttade isär. Det kändes riktigt bra att veta när jag packade ryggsäcken och promenerade hit."

"Du skojar! Du menar att du inte dricker alls? På riktigt?" utbrister Julia och gapar.

"Japp. Jag använder inte alkohol längre, tänkte berätta det under kvällen. Inte ens mamma eller pappa vet."

"Alltså, jag vet inte vad jag ska säga … Betyder det att den gamle Petter är tillbaka? Han som jag en gång blev…"

Julia får slut på orden. Kanske bäst så.

Kapitel 17

"Så fantastiskt att du har valt nykterheten", summerar Moa.

"Det är vardag för mig nu. Inget speciellt längre", svarar Petter.

"Men ändå, jag blir imponerad. Blir du inte sugen när du ser oss dricka?"

"Låt mig uttrycka det såhär: Jag längtar inte efter att bli full när jag hör ert fyllesnack. Men vi skippar hyllningarna nu. Det är jobbigt att prata om."

"Okej, en med kanske en dödlig sjukdom och en som har blivit nykter, hur toppar vi det här?" frågar Anton då de har suttit tysta en stund.

"Och en som visst var homosexuell", väser Moa med ansiktet bortvänt.

"Men hur kan du vara så lugn inför ditt öde?" undrar Petter.

"Jag har lyssnat mycket på Björn Natthiko Lindeblad, buddistmunken. Hans visdomar gör mig trygg. Men faktum är, det finns hopp, på måndag får jag svaret. Kanske är allt falskt alarm?"

"Jag hoppas verkligen inte att det är sista gången vi ses", utbrister Petter. Moa nickar stillsamt i skenet av mobillampan.

Men Julia är som förlorad i sig själv, huttrar och slår armarna om kroppen.

"Jag börjar frysa, någon som vet vad klockan är?"

"Kvart över elva", muttrar Moa.

"Hepp! Då har vi pratat bort konserten", konstaterar Anton.

"Men! Hur sjutton lyckades vi med det?" utbrister Julia, med armarna i kors över bröstet.

"Jag tycker det är strunt samma. Om det är sista gången vi ses, kan vi inte ställa en fråga till varandra där man måste svara ärligt. Okej? Om vi inte får lyssna på Alphavilles Big in Japan får det bli Big in Borås istället, så att säga. Vad kan Big in Borås betyda för er?"

Moa blänger mot Anton, men tar fram en filt ur ryggsäcken. Julia sätter sig intill och får filten lagd över sina axlar.

"Ni kan fråga mig först eftersom jag föreslog. Någon?" Han drar upp korken på sin nyss tillslutna vinflaska och häller upp ett stort glas.

Kvällen är ännu inte över.

Moa drar in en ordentlig inhalering astmaspray och andas tungt. Hennes underläpp darrar, men Anton fokuserar på sitt rödvinsglas.

"Ja, du Anton. Big in Borås? Du ber om det här."

"Jag gör vad?" svarar Anton, fortfarande koncentrerad på sitt glas och petar upp en kämpande insekt ur vinet.

"Chockerna har ännu inte lagt sig. Nog för att du är obegriplig, men din läggning kan inte vara en lögn. Jag borde ha förstått. Berätta ärligt vad som hände i England."

Julia reser sig då med telefonen mot örat.

"Vänta lite, Micke skrev precis. Jag är snart tillbaka." Hon traskar iväg in under ett träd och mumlar något kortfattat.

Då hon är tillbaka sätter hon sig i gräset med telefonens lampa riktad uppåt.

"Micke undrade varför jag inte hade hört av mig, konserten blev inte av. Någon i bandet har blivit sjuk!"

"Du skojar!" skrattar Anton.

"Kolla BT här." Julia surfar in på Borås Tidnings förstasida: "Alphavilles konsert inställd – igen. Publiken rasar." Ansiktena får långa skuggor i skärmens bleka sken, alla ser ut som sin dubbla ålder. Anton hasar sig en aning bort från ljuset.

"Ingen större musikalisk förlust. Men, nu ska jag vara uppriktig … Jag har alltid verkligen tyckt om dig, Moa." Anton vänder sig mot henne. "Då vi träffades på skolan så ville jag få dig. Men jag visste inte hur man gjorde. Jag försökte föreställa mig oss som ett älskande par, men kunde inte. Det gick inte att sluta tänka på en speciell person."

"Jaså, vem då?" undrar Moa. Hennes uppmärksamma min skickar en kall kåre genom Anton.

"Jag fastande för en kille i året under oss. Han spelade golf, men hängde runt teatergruppen, en rätt kort kille. Vi brukade prata, han var insnöad på H.P. Lovecraft och skräckfilmer, jag gjorde allt för att hitta gemensamma samtalsämnen. Då han gick i korridorerna med sina ljusa t-shirts syntes konturerna av hans vältränade kropp, hans hår var sådär flygigt efter att han hade cyklat till skolan."

"Jag vet nog vem du menar. Vad hände sen?"

"Inget alls. Men jag inbillade mig att han kanske var intresserad, jag brukade fantisera om oss, att han och jag skulle spela huvudrollerna i någon pjäs. Att få hålla om honom, att få titta honom i ögonen utan att behöva slå bort blicken som man måste efter typ två sekunder."

"Är det Fredrik Roos du menar?" skjuter Julia in. "Golfspelaren som hade träffats av golfbollarna i huvudet lite för många gånger?" Hon drar kjoltyget tätt runt sina ben och huttrar igen.

"Haha, kanske det, för från studentutspringet såg jag i publikhavet hur han gratulerade en tjej. Det var uppenbart att han var intresserad av henne. Jag fattade att mina drömmar var önsketänkande. Det gjorde ont, jag klarade inte att stanna i Borås."

Moas ansikte stelnar.

"Om du från början hade varit ärlig skulle det åtminstone ha varit lättare att förstå dig", säger hon.

"Jag vet. My bad. Men det är inte så enkelt när man kommer från en dysfunktionell familj med en frånvarande pappa och en mamma som pendlar i mående och har ett humör värre än en pitbull. Så jag lämnade stan efter att ha tiggt in mig hos morfar i

London. Och livet där var inte riktigt så bra som jag antydde tidigare."

"Vänta. Du berättade innan studenten att du skulle till England", invänder Moa.

"Det kan säkert stämma. Jag *tänkte* att jag *kanske* skulle åka, men sa förmodligen att det var definitivt. Jag ville inte ge dig förhoppningar."

Devisen *ärlighet vara längst* dansar på Petters tungspets, men så kommer självcensuren in. Att ha utmålats som en otrogen skithög diskvalificerar från alla moraliska iakttagelser och Julias silhuett är en bromskloss.

"Mhm, så din morfar hade rullat ut röda mattan, eller?" frågar Petter.

"Jag var välkommen. Vad jag i själva verket hade sagt ja till var en främling, helt ointresserad av mig. Jag satt ensam på vindsvåningen tills jag kom in på teaterskolan. Om kvällarna fick jag på min höjd en kopp te, vilket han dessutom skrev upp i en liten bok med sin darriga handstil: tio pence per kopp. I slutet av varje vecka skulle jag betala, och dessutom för vindshyran."

"Helt sjukt snål gubbe", viskar Moa och sväljer sitt flin.

"På teatern träffade jag min första pojkvän. Leonard. Men han var ingen bra person. Han utnyttjade mig att bära och förvara sin cannabis, eftersom han hade problem med polisen."

Moa viftar bort knott framför sitt och Julias ansikte.

"Efter honom kom några till. En kväll ringde ett ex på hos oss. Han hade blivit utslängd. Morfar förstod, trots sin dimmiga uppsyn och insjunkna hållning, och ryggade tillbaka. Han svarade att jag alldeles strax skulle möta honom i dörren och att jag skulle lämna huset för all framtid."

"Men, så kan man väl inte göra?" protesterar Petter.

"Jodå. Och sedan levde jag ett tag på ett härbärge, tack vare Svenska kyrkan fick jag hjälp. Men jag jobbade också med en teatergrupp som turnerade runt i södra England. Regissören Jay var nästa pojkvän."

"Har du varit uteliggare?"

Petters oputsade fråga får Anton att sluta ögonen några sekunder.

"Nja, med Jay bodde jag ett tag i Hackney, ett förfärligt område. Huset hade knappt isolering. Hade man otur strejkade varmvattenberedaren i det vidriga badrummet, där spindlarna kröp i badkaret och uppför väggarna.

Men så tog det slut. Han hade blivit kär i en tjej som jobbade på ett café en bit bort och bad mig flytta. Jay hade ändå vänligheten att betala för en enkel flygbiljett till Skavsta. Det var då jag återvände till Sverige och ringde dig, Moa."

Moa drar handen genom håret, det ser ut som att hon kammar bort den sista ilskan.

"Du blev utsparkad gång på gång. Och detta har du burit på i din ensamhet?"

"Jag har inte ens berättat för mamma att jag gillar ... killar. Ni kommer aldrig att förstå hur det har varit för mig. Morfar har förmodligen inte ens berättat för henne."

Anton kramar ihop chipspåsen.

"Jag lider med dig när jag hör detta", mumlar Moa. "Jag är också skitförbannad för att du har ljugit. Men känslorna tar ut varandra, mest är jag nog bara lättad över att få veta sanningen. Nu kommer jag kunna gå vidare."

"Tack", flämtar Anton.

Julia lägger sin hand över hans knä.

"Tänk alla dessa fördomsfulla människor med bestämda åsikter om hur livet ska levas", utbrister hon.

Petter tittar mot Julia och ler sammanbitet.

"Men det där Big in Borås, vad betyder det för dig?"

"Jag vill ha ett erkännande. Att bli stor i min hemstad. Kan jag inte bli accepterad av min familj kan jag åtminstone bli beundrad. Jag har gett upp familjen, men hoppas åtminstone på ett erkännande som en skrivande person. Jag vill bli publicerad. Att bli stor i Borås, stället som mobbade ut mig som barn. Att Borås ska tänka att jag var någon. Det var i alla fall så jag drömde innan sjukdomsbeskedet."

"Du har alltid längtat efter att bli något stort", konstaterar Moa.

"Egentligen hatade jag teatern. Ville bara bli känd. Ni har nog aldrig fattat, men jag har alltid haft scenskräck och ångest i strålkastarljuset. Skönt att den tiden är över."

"Det var som fan", viskar Petter.

Omkring är natten hemlighetsfullt mörk och sluten. Det är svårt att inte känna sig liten och hjälplös efter Antons bekännelse. Hur drömmarna har släckts en efter en, och ersatts av tomhet. Allt de egentligen hade var varandra, men nu återstår bara *minnena av varandra*, som det flimrande mobilljuset spelar upp i deras ansikten.

"Okej, sorry Anton. Jag blir så ledsen av att höra din historia. Och din sjukdom … Vill du så kan jag be för dig", säger Julia med en kvävd suck.

"Tack, men ni behöver inte oroa er. Jag klarar mig. Läkarna har sagt att jag har chanser. Förhoppningsvis går det bra, man vet ju aldrig."

"Sluta aldrig hoppas, Anton", mumlar Moa och rätar upp ryggen.

"Jag har en fråga till dig, Petter", fortsätter Anton. "Om du nu hade den här familjen och allt, varför blev det som det blev? Och vad är Big in Borås för dig och er andra?"

Petter märker hur kinderna hettar, kastar en blick mot Antons skrev, sedan mot Julia som lyckligtvis är upptagen med telefonen.

"Ja … jag kan berätta. Är ju inte så bra på att förklara men ska försöka."

"Berätta från hjärtat, min vän, jag är ju med för sista gången."

Petter funderar en stund och reser sig upp.

"Ursäkta, men det är jobbigt att prata och se folk i ögonen."

Han tar några steg runt dem, där de sitter likt en grupp scouter samlade vid lägerelden – telefonerna.

"När jag tänker efter så vet jag att det egentligen är ingens fel att det tog slut, eller kanske lika mycket bägges."

"Det var *du* som var otrogen", viskar Julia.

"Låt honom prata", fräser Moa.

"Nu har vi Lova, och henne kan ju ingen ångra. Hon är meningen med allt. Att se henne äta spaghetti med köttfärssås, bada i den lilla poolen eller bara att känna hennes kind då hon somnar framför tv:n kan göra allt."

En flämtning hörs från Julia.

"Men jag har varit trött sedan skilsmässan. Trodde att en separation skulle lösa problemen, och visst, några saker har blivit enklare. Men jag orkar inget. Nykterheten är bra, men energin har försvunnit. Jag tröstäter om kvällarna. Har ökat i vikt. Jag klarar av att jobba, ta hand om Lova och vara nykter. Det är allt. Nästa vecka ska jag träffa en terapeut."

"Du borde ha sökt hjälp när vi var ihop."

"Kan du hålla truten, Julia?" utbrister Anton.

Petters steg genom gräset är rytmiska, lugnande. Han fortsätter runt, varv efter varv i en egen liten omloppsbana runt deras gemensamma berättelse om sig själva.

"Vi passade egentligen aldrig ihop, vi är från olika bakgrunder och tänker olika. Jag gillar träning, hon gillar läsning, jag är något inåtvänd, hon är snarare utåtriktad. Jag gillar att slå på volley så att säga, hon vill ha kontroll. Ja, ni fattar."

Julia nickar och släpper ner telefonen i gräset.

"Men det som hände var att vi skapade en familj där … ursäkta, jag försökte berätta innan, men var nog inte tydlig … vi var en familj där en person trängde sig emellan oss. Julias pappa.

Han styrde över allt. Och även om vi valde att fullfölja graviditeten, så visste jag att det egentligen var *hans* beslut. Abort var otänkbart och Julia var i princip känslomässigt kidnappad av sina föräldrar. För hon hade inget att säga till om. Och detta gör mig egentligen ursinnig, när jag tänker på det, för ni ska veta att första gången separation kom på tal, då hade Lova inte ens fyllt tre år!"

"Är det sant, Julia?" frågar Moa. "Det har du aldrig berättat."

Julia sätter händerna för ansiktet, drar in luft och stöter lika snabbt ut den med en tung suck.

Petter fortsätter taktfast, gräset har nu trampats ner i en cirkel.

"Och vi behöver inte gå in på all skit vi har kastat, men jag vet att du inte ville vara gift med mig. Det var väl i och för sig ömsesidigt, men jag var för orkeslös och jag visste att dina föräldrar aldrig skulle acceptera att du skiljde dig.

Jag minns kvällarna då du storgråtande åkte iväg till dem, och var än mer ledsen då du kom tillbaka. Du ville aldrig säga vad ni pratade om, men de förbjöd väl dig att begära skilsmässa."

"På riktigt?" viskar Anton.

"Det fanns *bara en sak* som kunde få dem att godkänna att du skiljde dig: otrohet. Att jag bevisade att jag var smutsen som besudlat deras fina familj och du därmed hade tillåtelse att lösa upp vårt äktenskap. Visst kunde jag ha begärt skilsmässa, men jag var för feg. Orkade inte. Varje gång jag ställde mig frågan kom jag fram till att jag egentligen inte ville."

Petter stannar upp och lägger fingrarna försiktigt mot Julias axel.

"Jag ville skydda dig. Givetvis var jag trött också, men jag vet att du inte ville fortsätta. Därför såg jag till att Messenger på datorn var öppen och du kunde läsa snuskchatten med den där tjejen. Och en sak till: Vi låg aldrig. Det var bara något som jag sa."

"Oh, herregud. Det här är ju ännu sorgligare, eller vad säger du Julia?" flämtar Anton.

Hon vänder sig mot Petter. Fukten från tårarna glimmar längs kinderna i mobilens ljus.

"Är det sant?" Julia formar orden sakta över läpparna.

"Ja."

Kapitel 18

I telefonens sken virvlar en svärm av knott. Petter står kvar som förstelnad, han märker hur Julias axel mjuknar, faller sakta nedåt.

"Jag tänker att ni får prata mer om det här sedan, kan du inte säga något om Big in Borås istället?" frågar Anton och sträcker sig efter sin flaska.

"Vad? Kan du inte ge dig för en gångs skull?" protesterar Moa.

"Nej, jag har inget mer att säga om skilsmässan. Men det här har jag behövt säga så länge. Vad undrade du Anton, om hur man blir stor i Borås?" frågar Petter.

"Ja, eller vad stor betyder för dig. Hur skulle du vilja bli det?"

"Oj, vad svarar man på det?"

Petter trycker fingrarna lätt mot Julias axel. Han vet att hon känner till hans komplex. Men i hennes ansikte göms ingen hämndlystnad, hon tittar ner i gräset.

"Jag kanske vill bli stor som du, Anton?"

"Att skriva, eller hur menar du då?" Anton ser frågande ut.

"Ehh ... Precis, att ha lite lättare med orden. Ett stort ordförråd med en uttrycksfullhet. Eller som Anton, att ha en riktigt stor ... förmåga. Fast när jag går till bottnen av mina känslor, inser jag att det egentligen kvittar."

Moas läppar delas i ett brett leende.

"Tack. Det var ett fint svar, men jag är inget att sträva efter. Och du uttryckte dig fantastiskt och borde omvärdera synen på din verbala förmåga."

"Jag har en fråga till Moa", flikar Petter in, mån om att byta ämne. "Du har alltid varit något gåtfull. Det är som att man inte riktigt vet vad du vill eller har gjort. Har du alltid varit så oskuldsfull som man kan tro?"

Hennes ögon smalnar en aning.

"Vad vill du veta? Hur många jag har legat med?"

"Nej inte så. Mer om du kan berätta lite om din bakgrund eller något som jag kanske inte vet?" förtydligar Petter.

"Den här sanningssägarorgien tycks ju aldrig ta slut, men varför inte?" Moa kliar sig på hakan. "Vet du vad, nästan ingen frågar om mig eller hur jag tänker."

"Inte?"

"Jag ogillar visserligen uppmärksamhet, att folk stirrar ut mig, men med lite vin i blodet kan jag slappna av. Jag har förresten bara druckit saft. Det märkte ni säkert inte, men jag ville inte släppa kontrollen."

"Va?" utbrister Anton och Julia samtidigt.

"Big in Borås låter tramsigt, Anton. Men för mig skulle det kunna betyda att alla tar hand om varandra, att vi är rädda om våra relationer. Att vi tar hand om våra barn, och *inte* försöker sabotera bara för att man är bitter. Att inte vägra prata med varandra i ett halvår."

Julia skruvar på sig en aning.

"Snart kommer en annan överraskning, som är ungefär tio minuter bort."

"Jag anar en cliffhanger", utbrister Anton. "Men berätta något som du tror att vi inte vet."

"Det fanns inga hemligheter, det fanns egentligen inget spännande eller särskilt kul, men jag växte upp i en familj där pappa var yrkesofficer. Han och mamma skilde sig innan jag kan minnas. Eftersom han, av någon märklig anledning, fick vårdnaden så blev det att jag och mina syskon flyttade med i takt med att olika militärförläggningar lades ner eller gjordes om. Jag bodde i Eksjö, Kristianstad och Boden innan det blev Borås. Allt detta vet du, eller hur?"

"Jo, det känns bekant", svarar Anton.

"Vilken stad har du gillat mest?" sticker Petter emellan.

"Den här, alla gånger."

Moa trycker pekfingret mot gräset.

"Här är folk avslappnade. Kanske så att Borås har lite dåligt självförtroende efter textilbranschens tapp och i Göteborgs skugga, men vi är snälla här."

"Sa du *snälla*?" protesterar Anton.

"Ni skulle bara veta stämningen och konkurrensen på Kungliga biblioteket jämfört med Borås", utbrister Moa.

"Kan tänka det, Men det måste väl varit kul att ha bott i så många städer?" funderar Petter.

"Nja. Så fort jag fick vänner var det dags att ta farväl. Och min familj var inte mycket till stöd. Mammas plats togs av en kvinna, jag vill inte ens säga hennes namn. Hon är den värsta foliehatt ni kan tänka er. Pappa slukades upp av hennes inkrökta tankar. Det fanns faror överallt: ryssar, mobilstrålning, techbolagen, övervakning. Allt var farligt."

"Även coronavaccin?" frågar Petter som nu har satt sig.

"Ingen i familjen utöver jag är vaccinerade. Jag orkar inte ens tänka på det. Hursomhelst, pappa och kvinnan pratade så mycket skit om mamma att det tog mig tjugo år innan jag vågade ta kontakt med henne. Hon bor i Motala med en ny man. Vi har lite kontakt varje vecka, det är ett sår som håller på att läka, men det tar tid. Imorgon ska jag faktiskt åka dit. Hon hade gett upp tanken på mig och mina syskon. Pappa hade lurat i henne att vi inte ville ha kontakt, och lurat i mig att hon hade övergett oss."

På Antons skärm fladdrar ljuset till. Han sträcker ut handen men hejdar sig.

"Fy fan, det hade jag ingen aning om. Jag fattar att mina föräldrar typ är världens bästa", svarar Petter.

"Mycket möjligt, försök då vara en lika bra förälder själv. Det underlättar. Min kringflackande uppväxt var allt annat än enkel. Men åren gick och jag kom under högstadiet till Borås, träffade sedan er, och även annat folk." Moa drar efter andan, men ingen vågar avbryta tankepassagen. "Jag hade ihop det med franskläraren."

"Vad? Med Elon?" flämtar Julia.

"Mhm. En riktig kåtbock med fru och barn, men jag dumpade honom innan det hann bli något. Vi brukade träffas efter arbetstid i lärarrummet. Jag vet exakt hur mjuk den soffan är. Det är ju sjukt, men han var nog förälskad i mig på riktigt. Hans sista hälsning till mig blev ett IG i franska, haha."

"Han skulle ju straffas, sex med elever är ju olagligt", väser Anton.

"Lugna ner dig, det var ett halvår innan vi började dejta och helt frivilligt. Sen trodde jag att du och jag var ihop. Det var tryggt att du ville gå försiktigt fram efter alla oseriösa puckon jag hade stött på. Men du, Anton, lurades. Du fick mig att tro att vi var ett par på riktigt."

"Men det var vi väl på sätt och vis?"

"Ja, så mycket att jag avvisade Fredrik Roos på studenten, en vecka senare hade du stuckit. Petter och Julia, om ni inte fattade innan – det var mig som Anton såg Fredrik kärleksfullt omfamna i folkhavet."

"Som fan, det hänger ihop. Men hade ni inte en romans sen?" frågar Petter.

"Jo, men jag fortsatte hoppas på Anton. Förgäves. Så jag lät aldrig känslorna få fäste, men vårt sex var fantastiskt."

Moa lutar sig mot Petter och viskar.

"Apropå Big in B … s … ha… le… uk…r …n m det spe … gtvis in … oll."

Han vänder snabbt bort huvudet innan Moa fortsätter.

"Det var min idé att vi skulle träffas här, att ni två skulle sitta och prata ut. Att ni skulle erkänna vad ni hade gjort. Visst, jag hade ju fel om Anton och Julia. Poängen var att jag inte står ut med tanken på att Lovas föräldrar hatar varandra."

"Men det gör vi inte, eller hur, Petter?" säger Julia.

"Nä, inte längre kanske, men vad är den där sista grejen då, och hur vill du bli stor i Borås?" undrar Petter.

"Jag sa ju att det handlar om att ta hand om varandra, som att vara storsint i Borås."

Kyrkklockans slag ekar över backen. Midnatt. Fönstren på första våningen vid parkeringen är mörka under den dinglande halvmånen.

"Myggorna är proppmätta nu. Kan inte du, Julia, berätta innan vi drar varför ni inte är ihop, mer än det där uppenbara som Petter nyss sa?" säger Anton.

"Jag orkar inte. Jag är trött och så omskakad. Vi har snackat om alkoholen, om den där tjejen, om mina föräldrar. Fast det var redan från början en sak som kom emellan oss; frågan om barn", svarar Julia.

"Okej, nu kommer det. Avfyra dina anklagelser mot mig", morrar Petter.

"Men tyst, jag har inte ens anklagat dig för något!"

"Inte än."

"Tagga ner, Petter, Nu är det hennes tur", rättar Anton.

"Tack. Jo, men vi har olika synsätt. Men framförallt vill vi olika med framtiden. Jag ville ha en stor familj med många barn, medan Petter har vägrat. Det har alltid känts som att jag inte duger, att jag inte är bra nog för att få fler barn med. Jag har alltid levt med känslan att jag inte är tillräcklig för honom."

Petter tar ett djupt andetag innan han svarar.

"Så har du aldrig sagt tidigare, det har bara känts som att du har varit missnöjd. Jag vet att jag inte är tillräcklig inför dina föräldrar, din pappa i synnerhet. Att skaffa fler barn har varit som att göra sig till dräng för hans vilja. Han pratade på bröllopet om den stora familjen som han skulle få rå över."

"Så uttryckte han sig inte!"

"Jo, det gjorde han. Jag minns det som igår."

"Du har fel! Tänk på att …"

Längre kommer Julia inte förrän Anton avbryter.

"Stopp nu! Inte för att jag är relationsexpert, men skulle vi inte kunna enas om att bägge har rätt? Om Petter minns orden så, är det sant för honom. Och du, Julia, minns något annat, för dina känslor säger något annat. Det är lika sant, fast för dig. Eller hur?"

"Precis så menade din pappa i mina öron, men kanske inte sa ordagrant. Du var ju ett älskat och högst efterlängtat barn. Jag var egentligen inte välkommen. Nu ville de få sin klan att växa. Min tysta protest blev att vägra fler barn."

"Varför lämnade du mig inte direkt då?"

"För att jag alltid har älskat dig. Och om inte dina föräldrar hade klampat in och tryckt ner mig och dig, hade vi kanske varit lyckliga. Men nu är det för sent."

Julias ansikte skrumpnar ihop i en grimas. Hon lutar sin panna mot Moas arm.

"Men det är inte för sent för att skapa en bra framtid, var för sig. Du har din Micke. För ett år sedan hittade jag ett handskrivet brev från dig till honom. Det låg instoppat i en av dina kurs-böcker i affärsjuridik."

Julia flämtar till.

"Är det sant?" gnyr hon.

"Du ville lämna mig men kunde inte, det var typ budskapet."

Petters röst stockar sig.

"Jaja, du behöver inte försvara dig. Jag är inte arg, jag förstår varför. Allt är bara tragiskt. Du vill ha fler barn, men jag klarade inte det eftersom du kom från en familj med en snudd på hederskultur, fast på ett svenskt sätt. Min så kallade otrohet gav dig vägen ut. Nu har jag gjort dig fri och Lova skulle säkert älska syskon. Då kan du äntligen få bli Big in Borås, din stora familj. Jag vet att det är din dröm."

"Alltså, jag …"

Längre hinner de inte förrän Petters telefon ringer.

"Ja hallå. Hej Lova! … Kan inte sova? Vet du vad, gumman, jag ska ringa en taxi alldeles strax … Jag är hemma om en liten stund! Puss och kram!"

"Var det Lova? Du måste hälsa och krama om henne från mig", säger Julia som snörvlar och pressar sig mot Moas arm så att de bägge gungar till.

"Självklart!"

Petters och Moas ögon möts hastigt. Vad var det förresten som hon viskade? funderar han. Hans axlar åker instinktivt upp. Sa hon att Big in Borås handlar om hur man lever och bara det spelar roll, eller var det inte något om att pojkvännens kuk var liten att men det givetvis kvittade?

I samma stund sjunker axlarna ner.

Anton märker hur en figur kliver fram ur skuggorna, samma person som tidigare satt vid bänken under syrenbuskarna.

"Här är Fredrik", utbrister Moa som makar sig upp och omfamnar honom.

Anton, Julia och Petter vänder sig åt samma håll.

Där står Fredrik Roos. Fortfarande lika kort, och nu med några extrakilon runt midjan. Hans flygiga hår har vandrat en bit uppför pannan.

"Hej älskling! Hur har ni haft det?" Fredrik hälsar med en diskret nick till gänget och får en gröt av mumlanden till svar.

"Superbra. Det blev ingen konsert, men lika gott var väl det", svarar Moa.

"Ni ser lite medtagna ut. Har du berättat nyheten?"

"Nä, ingen har frågat. Som vanligt. Jag trodde att de skulle fatta när jag sa att jag bara dricker saft. Men, men … Man kan inte räkna med för mycket av folk som inte har fått några golfbollar i huvudet."

"Är du gravid?" frågar Julia.

Moa slår ut armarna i luften, och låter alla ögon vila på henne i några sekunder.

"Ja!"

"Grattis Moa, åh vad roligt!" Julia hoppar upp och kramar om Moa.

"Fy fan vad glad jag blir av att höra det", utbrister Anton och söker en respons från Petter. Men förgäves.

Moa drar handen över Fredriks kind.

"Tack för mig, vänner. Hoppas ni får det bra framöver. Och du, Anton, jag önskar dig faktiskt, vad det än kan innebära, allt gott och att du klarar dig."

"Vad har hänt?" utbrister Fredrik med en något skeptisk uppsyn.

"Vi tar det när vi går hemåt."

Så går Moa laget runt och kramar om dem i tur och ordning: Petter, Julia och Anton.

"Ikväll räddade jag dig allt", viskar Anton i hennes öra. Han märker hur hon stelnar till, men släpper fort taget, varpå hon samlar ihop alla återvinningsbara burkar i en plastpåse och skakar ut de sista dropparna. Filten trycker hon in i ryggsäcken.

Snart vandrar Moa och Fredrik nedför trapporna, vidare ut i mörkret.

"Att Moa alltid ska vara så oförutsägbar", utbrister Julia när Fredriks röst har försvunnit bort i vinden.

"Vad menar du?" svarar Anton.

"Så hemlighetsfull, jag visste inte ens att hon hade tankar på barn."

"Ni har väl tappat bort varandra? Folk gör ju ibland det."

"Nu förstår jag också varför hon blev så konstig de sista åren och varifrån den där outtalade spänningen mellan oss kom."

"Ja, med tanke på vad hon trodde om dig ..."

"Det blev så negativt här innan under kvällen, men du ska veta att Moa och jag faktiskt har haft väldigt mycket bra ihop."

"Jo, det fattar jag."

"Som utbytesresan till Odense och Moa lurade i polisen att hon var en känd artist. Vi blev skjutsade av dem till hotellet till kompisarnas skräck och förvåning! Eller alla kvällar på bion Röda kvarn då vi drack medsmugglat vin i pet-flaskor och till slut halvt sov vid eftertexterna. Och inte minst – alla gånger vi i teatergänget fikade bort och drömde oss bort till något större. Fast egentligen så ville vi kanske mest bara *hitta hem*."

"Jo, jag vet vad du menar", skjuter Petter in. Hans röst låter något raspig och trött.

Anton vrider sig mot Petter. Begrundar hans luggslitna uppsyn, aldrig tidigare har han hört Petter så känslosam.

"Bara vi tre kvar då", summerar Anton och viftar bort ett löv från skjortan. "Dags att dra. Ska du åt mitt håll, Julia?"

Runt Petters ben stryker sig plötsligt en gråspräcklig katt. Ögonen glimmar till. Katten sträcker på sig och lägger en tass över hans sko.

"Den vill nog att jag ska skynda mig hemåt", konstaterar Petter och gäspar ogenerat och stort. Julia, som trots mörkret kan ana konturerna av flertalet av hans tänder, ler överseende. Hon tar tag i Petters arm.

"Är det okej om jag följer med? Vi skulle kunna säga god natt tillsammans till Lova?"

Petter får först inte fram ett ljud.

"Jo ... Du är hennes mamma. Det är dags att gå vidare. Det blir nog så mycket enklare då."

"Tack."

"Jaha, jag vill inte störa turturduvorna här, men jag går mot stan för att ta ettan mot Sjöbo", flinar Anton.

"Haha, nä, vi är inte ihop längre. Det är bäst så, eller hur Petter?"

"Sant. Och du säger alltid 'eller hur', har du tänkt på det?"

"Gör jag?"

"Vederbörande, som din pappa skulle ha sagt, anser att det är en klok ståndpunkt att visa Lova att vi är överens. Kom nu", svarar Petter och blinkar med ena ögat.

Julia skrattar till. Anton slås av att han inte kan minnas att han har hört henne så befriat glad. Som om gravitationskraften inom honom plötsligt halverades. Kanske var kvällen ändå värd sin insats?

"Hej då Anton. Vi måste höras. Detta får inte bli sista gången", viskar Julia i mörkret och omfamnar honom.

"Nej, oroa er inte. Läkarna har sagt att det faktiskt finns chanser."

"Hej då Anton, gamle kompis ... jag ...", mumlar Petter.

Anton märker hur Petter har svårt att hitta avskedsorden. Kanske för att de bara har varit suddiga bifigurer i varandras liv efter gymnasiet, men inget tillräckligt finns att säga inför döden. Inga formuleringar kan rymma alla känslor.

Petter klarar inte hejda tårarna utan vänder sig bort, som han alltid har gjort då det blir för mycket.

"Men du, gråt inte", tröstar Julia och lägger armen om hans nacke då de går upp längs med grusgången och försvinner i väg.

En lätt bris drar uppför backen, Anton känner hur ögonen har fuktats. Han gnider tröjan över ansiktet och tittar ut över Borås.

Staden ligger upplyst och skimrar stilla i sin klarhet. Vinden mojnar, och han slås över skönheten där den breder ut sig, detta västgötska New York i miniatyr. Asfalt, betong och drömmar. Alla öden som har rymts här och alla som ska komma.

Men nu har jag gjort min sista akt.

Då Anton går nerför trapporna kommer han ihåg: telefonen! Kanske finns det någon jag kan träffa för kvällen?

Ikonerna flimrar förbi. Facebook: inga meddelanden. Snapchat: inga meddelanden. Instagram: inga meddelanden.

Han sjunker ihop ytterligare och tar motvilligt de sista stegen ut på gatan. Två skator bråkar om matresterna vid en glasigloo, men annars verkar staden ha somnat nu.

Mejlen! När kollade jag mejlen senast?

Han öppnar inboxen. Fyra olästa meddelanden: Halebop, Alumni.co, Ica Hägersten, Wizz Air. Förväntan övergår i den vanliga besvikelsen. Det gör ont. På riktigt.

Men skräpposten då? Tänk om det ligger något där!

Fingrarna darrar, sista hoppet innan dagens förnedringsskörd ska bärgas. Han skummar igenom: Viagra, Sexxx man date, SF Anytime, Italian Hot Boyz, ICA Banken.

Längst ner ligger ett mejl från 19 juli, det följer inte mönstret. Henny Persson af Cederskiöld, SVT manusgruppen. Anton stannar, vågar inte öppna. Då ser han att batteriikonen visar en procent kvar. Han trycker på meddelandet och läser:

Till Anthony Johnstone

Hej!

Vi på SVT:s manusgrupp har nu haft redaktionsmöte och vår andra genomgång av ditt manus, Big in Borås. Beslutet är att gå vidare i processen med det.

Vi vill tacka dig för materialet, vilket vi ser som mycket lovande inför en dramatisering. Jag och hela manusgruppen ömsom satt på nålar och ömsom vred oss av skratt. Din pitch är så genialisk: Familjeåterföreningen som håller på att gå åt skogen, men räddas av att en hemvändare ljuger ihop sin cancerdiagnos och därmed "tvingar" alla att sitta kvar, härda ut och ta tag i sina relationer. En fortsättning på den historien kan man ju bara undra hur den skulle se ut, hur man räddar sig ur en sådan lögn? Men det är ju givetvis en helt annan sak!

Vi har möjlighet att erbjuda ett ekonomiskt förskott, men detaljerna ska i vanlig ordning först diskuteras med ekonomi- och produktions-avdelningen.

Jag ser fram emot att höra från dig så snart som möjligt!
Vänliga hälsningar, Henny Persson af Cederskiöld

Anton gör ett litet skutt och tjuter till så att det ekar mellan husen. Hur man räddar sig ur en lögn får någon annan sköta.

*

Ja, det är vad som hände den där ovanligt varma kvällen. Och solen gick upp över Borås morgonen därpå som om ingenting hade hänt.